Elizabeth O'Connor

Die Tage des Wals

Aus dem Englischen
von Astrid Finke

Blessing

Die Originalausgabe WHALE FALL erscheint erstmals 2024
bei Picador, London.

Der Verlag behält sich die Verwertung der urheberrechtlich
geschützten Inhalte dieses Werkes für Zwecke des Text- und
Data-Minings nach § 44 b UrhG ausdrücklich vor.
Jegliche unbefugte Nutzung ist hiermit ausgeschlossen.

Penguin Random House Verlagsgruppe FSC® N001967

1. Auflage, 2024
Copyright © 2024 by Elizabeth O'Connor
Copyright © 2024 der deutschsprachigen Ausgabe
by Karl Blessing Verlag, München,
in der Penguin Random House Verlagsgruppe GmbH,
Neumarkter Str. 28, 81673 München
Umschlaggestaltung: FAVORITBUERO, München
Umschlagabbildung: © Liz Somerville / Bridgeman Images
Satz: satz-bau Leingärtner, Nabburg
Druck und Bindung: Pustet, Regensburg
ISBN: 978-3-89667-753-2
Printed in Germany

www.blessing-verlag.de

Ble ti'n mynd heddi, dderyn bach byw?
Bant i'r coed, os bydda' i byw.
Beth nei di i'r coed, dderyn bach byw?
I mofyn bara, os bydda' i byw.
I beth ti'n mo'yn â bara, dderyn bach byw?
I ddodi yn 'y mola, os bydda' i byw.
I beth ti'n mo'yn â bola, dderyn bach byw?
Wel, oni bai bola, byddwn i ddim byw.

Wo willst du heute hin, munteres Vögelchen?
Fort in den Wald, sollte ich weiterleben.
Was willst du im Wald, munteres Vögelchen?
Brot holen, sollte ich weiterleben.
Was willst du mit Brot, munteres Vögelchen?
In meinen Bauch stecken, sollte ich weiterleben.
Was willst du mit einem Bauch?
Na, ohne meinen Bauch könnte ich nicht weiterleben.

*Traditionelles Volkslied, eine Variante aus Gwynedd,
einer Grafschaft im nordwestlichen Wales.*

Eine Anmerkung zum Text

Der Schauplatz ist fiktional, stellt aber eine Verschmelzung von Inseln um die Britischen Inseln herum dar. Auf vielen davon sank die Bevölkerungszahl in den vergangenen zweihundert Jahren aufgrund zunehmend rauer Wetterbedingungen, des Verkaufs von Land an Privatpersonen und des Umzugs jüngerer Generationen aufs Festland stark ab.

Bardsey Island (auf Walisisch: Ynys Enlli) liegt drei Kilometer vor der Halbinsel Llŷn im walisischen County Gwynedd. 1931 gab es dort etwa 60 Bewohner.

St. Kilda (im Schottisch-Gälischen: Hiort) ist eine isolierte Inselgruppe rund 64 Kilometer westnordwestlich von North Uist im Nordatlantik. Die letzten 36 Bewohner wurden 1930 evakuiert. Sämtliche Rinder und Schafe wurden bereits zwei Tage vor der Evakuierung auf dem Passagierdampfer Dunara Castle abtransportiert, um auf dem Festland verkauft zu werden. Die Arbeitshunde der Insel wurden in der Bucht ertränkt.

Die Blasket Islands (im Irisch-Gälischen: Na Blascaodaí) sind eine Inselgruppe vor der Westküste Irlands, die zum County Kerry gehören. Sie wurden 1954 wegen Bevölkerungsschwund aufgegeben.

Die Aran Islands (im Irisch-Gälischen: Oileáin Árann) sind eine Gruppe von drei Inseln vor der Galwaybucht an der Westküste Irlands. Die Bevölkerungszahl fiel stetig von etwa 3500 im Jahr 1841 auf 1266 im Jahr 2016. 1934 traf Robert J. Flaherty auf den Inseln ein, um »Die Männer von Aran« zu drehen. Dieser »Dokumentarfilm« wurde berühmt-berüchtigt für seine sachlichen Fehler und inszenierten Handlungen. Zum Beispiel wurden die Inselbewohner – die nicht schwimmen konnten – aufgefordert, erfundene Traditionen im Meer vorzuführen, und eine Fantasiefamilie wurde ins Zentrum der Erzählung gestellt, deren Mitglieder aus der Bevölkerung nach Fotogenität ausgewählt worden waren.

Dies ist ein Inseljahr. Zuerst die Sonne, und zuerst der Frühling, der satt von Vögeln wird. Sie überlassen die Insel ihrem grauen Winter und kehren zurück, wenn Triebe aus dem Boden schießen. Alke erscheinen als dunkle Umrisse unter Wasser. Dreizehenmöwen und Basstölpel fallen vom Himmel. Anfangs bemerken wir sie nicht. Die Kinder jagen sie vielleicht auf der Steilküste, die Männer schubsen sie beim Fischen mit einem Ruder von einem Netz weg. Gegen Ende des Frühlings liegen sie über die Insel verstreut wie Schatten. Papageientaucher, Flussseeschwalben, Zwergseeschwalben. Im Sommer ziehen sie ihre Jungen auf und werfen sich zurück ins Wasser.

Die Dreizehenmöwen kommen unseren Häusern am nächsten, picken Essensreste aus den Küchenabfällen auf dem Hof. Sie hocken auf den Giebeln, und ihr weißer Körper verschmilzt mit der Umgebung: Von Weitem sehen die grauen Flügelspitzen aus wie Stacheln. Sie leben auf dem Dach, bedecken es mit einer silbrigen Schicht aus Federn und Guano, wecken uns drinnen auf, wenn sie sich zanken und hin und her trippeln. Manchmal kämpfen sie im Flug, reißen einander rote Flecke ins Gefieder. Sie lassen Fische aus dem Schnabel auf den Hof fallen, die in die schmalen Ritzen und Löcher der Steine kriechen, sodass er monatelang ranzig riecht. Die Hitze bringt sie nur noch näher zu uns: ihre Vogelgerüche, ihre Rufe, ihre rosig roten Jungen.

Im Sommer streichen die Frauen der Insel die Häuser wieder weiß. Sie gehen in die Kalksteinhöhle im Westen und schlagen den Fels zu Pulver. Wenn meine Mutter zurückkam, hing es immer an ihren Händen, hinterließ Sprenkel auf allem, was sie anfasste. Manchmal färbten die Pigmente die Tünche gelber oder blauer als reinweiß. In einem Jahr wurden alle Häuser blassrosa, und es schimmert immer noch durch, in Kerben und Dellen, wo die oberen Schichten abgeblättert sind.

Nach dem Sommer kreist die Kälte, stürzt dann herab wie ein Stein. Die Vögel verschwinden einer nach dem anderen. In ihren Nestern an der Steilküste liegen noch Eier. Im Herbst brodelt das Meer wie ein Topf auf dem Feuer. Die Vögel ziehen weiter, und der Sommer ist fort.

Winter: Wir halten uns in der Nähe des Kamins auf, schlafen im selben Bett. Das Meer pirscht sich an die Tür an, schwappt an den Inselrand. Am Horizont ist graues Eis. Der Wind peitscht uns rot. Zu Weihnachten kochen wir frisch gefangene Fische, dann schlachten wir ein Schaf und werfen es ins Wasser. Bis zum Frühling schieben die Wellen es zurück auf den Strand, und die Vögel treffen ein und verschlingen es. Die Schafe werden auf die nächste Weide getrieben, wenn sie ihre kahl gefressen haben.

September

Der Wal strandete über Nacht am seichten Ufer, tauchte aus dem Wasser auf wie eine Katze, die sich unter einer Tür durchschleicht. Niemand bemerkte ihn: nicht der Leuchtturm mit seinem Lichtkreis auf dem Wasser, nicht die Nachtfischer, die nach Wittling und Seezunge suchten, nicht die Bauern, die im Morgengrauen Rinder über den Hügel führten. Die Schafe auf der Steilküste blieben ungestört. Unter dem dunklen Wasser leuchtete der Wal hellgrün.

Bis zum Morgen war er auf den Strand gespült worden und lag ordentlich da. Vögel sammelten sich über ihm. Die Flut schwemmte Wasser in breiten, flachen Spiegeln über den Sand, durchbrochen von schmalen Pfaden. Die Wellen schwappten um den Wal herum und wieder hinaus, wie eine Membran um ihre zarte Mitte.

Einige Fischer sagten, er sei von seinem Kurs abgekommen. Sie sahen Wale draußen auf dem Meer, aber selten so nah. Ein paar Ältere meinten, es sei ein Omen, konnten sich allerdings nicht darauf einigen, ob ein gutes oder schlechtes. Reverend Jeremiah las fast jede Woche die englischen Zeitungen, sagte aber, es gebe nichts, was die Ankunft des Tiers erklären könne. Seit Beginn des Monats war die Marine wieder auf dem Meer unterwegs. Er machte eine vage Andeutung über Radar, und ein Bauer nickte und sagte, *U-Boote.*

Jemand holte eine große Kamera aus seinem Haus, einen Kasten auf langen Holzbeinen. Von dem Blitz färbte die Landschaft aus.

Ich wurde am 20. Januar 1920 auf der Insel geboren. Auf meiner Geburtsurkunde stand 30. Januar 1920, weil mein Vater das Standesamt auf dem Festland vorher nicht erreicht hatte. Es gab damals einen schweren Wintersturm, und niemand konnte die Insel verlassen. Als wir endlich losfuhren, erzählte meine Mutter mir früher, war der Strand von Quallen übersät, wie eine silbrige Eisfläche. Meine Mutter überlebte die Geburt, Jesus sei Dank, denn niemand hätte kommen und ihr helfen können.

Die Insel war fünf Kilometer lang und eineinhalb Kilometer breit, mit einem Leuchtturm an der östlichen Spitze und einer dunklen Höhle im Westen. Es gab zwölf Familien, den Pfarrer und den Polen Lukasz, der den Leuchtturm betrieb. Unser Haus, Rose Cottage, lag an einem Hang, wo der Wind eine Faust darum ballte. Tad sagte, die Armee hätte Panzer aus unseren Fenstern bauen sollen, so wie sie sich ihm widersetzten. Das Glas war an manchen Stellen verformt und gesplittert, hielt sich aber fest im

Rahmen. Im Schlafzimmer, bei Nacht, hörte man durch einen Sprung in der Scheibe die Ziegen unserer Nachbarn nach ihren Kitzen rufen, und manchmal konnte man in ihrem Haus eine Kerze brennen sehen, die leuchtete wie eine auf der Hügelkuppe balancierte Münze.

Tad sprach mich immer mit dem Namen des Hundes an. Am Tag des Wals ging er auf dem Hof an mir vorbei und rief nach ihm. Ich klopfte gerade Staub aus dem Kaminvorleger, der aber daraufhin eine silbrige Schicht auf meinen Kleidern bildete. Ich musste mir die Mücken aus den Augen verscheuchen.

»Ich bin mal auf dem Boot, Elis«, sagte Tad.

»Manod«, sagte ich schroff. »Nicht Elis. Elis heißt der Hund.«

»Das weiß ich, das weiß ich ja.«

Er winkte ab. Er nahm den Pfad zum Meer hinunter. Seine Gummistiefel machten bei jedem Schritt ein schmatzendes Geräusch.

»Hab' ich doch gesagt«, hörte ich ihn. »Manod. Hab' ich doch gesagt.«

Im Hof zog Tad Makrelen zum Trocknen auf eine Schnur auf. Er liebte den Hund: Es gab einen Abschnitt Trockenfisch extra für ihn. Mit mir oder meiner Schwester sprach mein Vater wenig, aber nachts hörte ich ihn lange Gespräche mit Elis murmeln. Elis rannte auf dem Hof im Kreis, schnüffelte an den Flechten zwischen den Steinplatten, blieb kaum stehen, sah kaum zu mir auf. Ich schnitt ihm einen Fisch ab, und er rannte damit undankbar in den Weißdorn, in einer kleinen Wolke von aufspritzender Erde und Laub.

Ich rubbelte an einem Fleck auf meinem Kleid. Es war ein altes meiner Mutter, dunkler Flanell mit losen Fäden an sämtlichen Säumen. Mam hatte sich ihre Sachen selbst genäht und es dann mir beigebracht. Sie hatte sie praktisch gemacht, mit breiten Taschen und Bewegungsspielraum. Ich nähte gern die Schnitte in den Zeitschriften nach, die Frauen in der Kirche liegen ließen. Festlandmode. Daran merkte ich, dass die meisten Menschen auf der Insel hinsichtlich ihrer Kleidung allen anderen zehn Jahre hinterher waren. Manchmal wurden Koffer am Ufer angeschwemmt, und darin fand ich alte Kleidungsstücke, die ich trug oder wegen der Stoffe auftrennte. Einmal fand ich ein Ballkleid mit nur einem kleinen Riss an der Hüfte, in anemonenroter Seide. Auf einer Seite hatte es ein Täschchen, und darin steckte eine vergoldete Puderdose in Form einer Jakobsmuschel. Der Puderquast war noch orange vom Kontakt mit der Haut der Besitzerin.

Unser Nachbar tauchte kurz nachdem Tad gegangen war auf, mit triefenden Kleidern und Haaren. Ich sah ihn über den Hügel auf seine Frau zulaufen, die eine ihrer Ziegen melkte. Dafydds Gesicht war von den im Freien bei den Tieren verbrachten Jahren dunkel. Während Tad dünn wie ein Fuchs wirkte, war Dafydd stark, mit breitem Kinn und weißen, flachen Zähnen. Ich konnte ihn von meinem Platz aus riechen, seine klamme Schaffellweste und das durchweichte Hemd. Leah rannte zu ihm und nahm sein

Gesicht in beide Hände. Es war mir unangenehm, sie zu beobachten, und ich strich mir mit den Fingern durch die Haare. Ich hörte Fetzen von dem, was er Leah erzählte: *Wir dachten, es wäre ein Boot. Glaubst du, es ist ein schlechtes Zeichen?* Leahs Hand erstarrte, ihr stockte der Atem.

Kein Mensch auf der Insel konnte schwimmen. Die Männer lernten es nicht, und die Frauen ebenso wenig. Das Meer war gefährlich, und vermutlich hatten wir zu lange mit seiner Gefahr gelebt. Eine beliebte Redensart bei uns: Vom Boot ins Wasser. Vom Regen in die Traufe. Vom Boot, und Gott steh dir bei.

Es gab einmal einen König auf der Insel, der eine Messingkrone trug. Als er im vorigen Jahrzehnt gestorben war, wollte es keiner mehr machen. Die meisten jungen Männer waren im Krieg umgekommen oder versuchten, auf dem Festland Arbeit zu finden. Die Übrigen hatten zu viel auf den Fischerbooten zu tun. So ist das eben. Laut meiner Mutter wurden die Frauen nicht gefragt.

Meine Schwester strich mit den Fingern Butter auf Brot, aß das Brot und leckte dann einen nach dem anderen die Finger ab. Dazu bist du zu alt, sagte ich zu ihr, und sie streckte mir die Zunge heraus. Ich goss Kaffee in drei Tassen und sah ihm beim Dampfen zu.

Llinos drehte die Tasse vor sich im Kreis, als inspizierte sie sie aus jedem Winkel. Sie fuhr sich mit den Fingern durch die Haare. Mir fiel etwas ein, was meine Mutter früher über uns sagte: ni allaf ddweud wrth un chwaer oddi wrth un arall. *Ich kann eine Schwester nicht von der anderen unterscheiden.* Zwischen uns lagen sechs Jahre, aber nur eine von uns war noch ein Kind, also stimmte das nicht mehr.

»Wie heißt das englische Wort?«, fragte ich sie.

»Weiß ich nicht.«

»Doch, weißt du.«

Llinos trank einen großen Schluck Kaffee und verzog das Gesicht.

»Heiß«, sagte sie.

»Wal heißt es.«

Unterstützung heischend sah ich Tad an. Den ganzen Sommer schon versuchte ich, Llinos' Englisch zu verbessern, aber sie war störrisch. Tad hatte den Kopf in den

Nacken gelegt, die Augen geschlossen. Eine Hand auf dem Schoß und die andere um Elis' Schnauze gelegt. Seine Kleider trockneten am Feuer, vermischten den Geruch von Wäsche mit dem von Fisch. Unser Wohnzimmer war klein: Platz für einen Tisch, Stühle, den Kamin und eine kleine Anrichte. Die Anrichte war von Kerzenwachstropfen übersät. Tad hatte seine Prothese mit den drei perlmuttfarbenen Zähnen herausgenommen und in die Mitte gelegt.

An der Tür stand ein Eimer mit den Hummern, die er an diesem Tag gefangen hatte. In unseren Gesprächspausen hörte ich sie im Wasser herumwandern, ihre Scheren an der Metallwand des Eimers schaben. Auf der anderen Zimmerseite sah ich einen Schatten sich auf und ab bewegen und begriff, dass es meine Hand war. Ich räumte die Teller ab und fragte Tad, ob er den Wal gesehen habe.

»Draußen auf dem Meer«, sagte er und rieb sich eine schwielige Stelle an den Fingerknöcheln, »sieht man normalerweise mehr als einen.«

»Hat Mam nicht früher öfter von Walen erzählt?«, fragte Llinos.

Stimmungsumschwung. »Die bringen bestimmt Unglück.«

»Du klingst wie eine verrückte alte Frau.«

Ich brachte die Teller weg, warf Elis die Reste auf den Boden. Tad hielt mich am Arm fest, als ich seine Tasse aufhob, legte dann seine Hand auf meine.

»Marc hat sich heute nach dir erkundigt. Meinte, wie hübsch du in der Kirche ausgesehen hast.«

»Und was hast du gesagt?«

Tad zuckte mit den Achseln.

»Ich hab' gesagt, er soll dich fragen.«

»Du kannst ihm ausrichten, nein, ich will nicht.«

Tad seufzte und betrachtete seine Hände.

»Du solltest übers Heiraten nachdenken. Es muss ja nicht Marc sein. Es könnte auch Llew sein.«

»Ich bin achtzehn.«

»Die Zeit vergeht schnell.« Seine Stimme wurde weicher. »Ich kann dich nicht ewig hierbehalten.«

»Und wer soll sich dann um Llinos kümmern?«

Elis hatte sich neben Llinos' Stuhl auf die Hinterbeine gestellt und verrenkte sich den Kopf, um Krümel vom Tisch aufzulecken. Llinos drehte sich um und nahm seine Vorderpfoten in die Hände. Sie stand auf, sodass sie aussahen wie ein tanzendes Paar. Sie schwankten hin und her, und Elis öffnete das Maul weit und hechelte.

Ich sah in meine Tasse. Die Milch bildete einen Film auf dem Boden und kräuselte sich wie ein eigenartiger Kussmund.

Nachts träumte ich von einem langen Esstisch mit Walen in Abendkleidung, die über ihren Tellern lachten. Ich saß bei ihnen, in einem Kleid aus peridotfarbener Seide, das ich einmal in einer Zeitschrift gesehen hatte, und einem Hut mit einer langen weißen Feder. Hinterher tanzten sie, und ich konnte nicht sagen, wie sie sich bewegten, ob sie auf den Schwanzspitzen standen oder hin und her rutschten, nur, dass ich hochgehoben und im Kreis gewirbelt und gewirbelt wurde. Die Zimmerdecke war aus Spitze und Samt und sank langsam auf mich herunter.

―

Ich war erst seit einem Monat mit der Schule fertig. Die Schule war ein gedrungenes Gebäude auf dem Festland, eine umgebaute Kapelle neben einer Abtei. Auf dem Holzschild über der Tür stand *Our Lady of the Wayside* in verblasster Goldschrift. Wir Inselkinder ruderten zusammen hin und zurück, bei fast jedem Wetter. Meine Uniform war fleckig geworden von dem Salzwasser, das hochspritzte, kleine weiße Punkte. Ich trug dort Grün und an besonderen Tagen wie Saint Dwynwen's Day Weiß.

In der Schule hatte ich eine Freundin. Rosslyn saß zehn Jahre lang neben mir und zog dann aufs Festland, um einen Steinbrucharbeiter in Pwllheli zu heiraten, einen Mann mit rosa Gesicht und unfreundlichem Mund. Rosslyn hatte ihn ein paarmal getroffen, bevor sie von *Our Lady of the Wayside* abging. In der hintersten Reihe unseres Klassenzimmers hatte sie mir anvertraut, dass er einen fleischigen Atem hatte und was er zu ihr sagte. An dem Tag, an dem sie die Insel verließ, hatte ihr Vater ein kleines Boot mit Blumen und Gras gefüllt. Sein Weinen konnte man von den Dünen aus hören. Rosslyn hatte lockige Haare und ein rundes Gesicht, das immer vor Schweiß glänzte. Ich fand, dass sie wie eine Schauspielerin aussah. Nach ihrer Hochzeit hatte sie mir einen Brief geschickt; darin stand, dass sie mich vermisse, dass sie in einem Haus mit Innentoilette wohne. Am Ende des Briefs hatte sie mich gefragt, was ich machte und was ich vorhätte. Ich hatte nicht geantwortet.

Ich war eine gute Schülerin gewesen. Meine Lehrerin, Schwester Mary, nannte mich »aufgeweckt«. Als einer der Jungen auf eine Universität in England gehen wollte, bat er Schwester Mary, seine Bewerbung zu korrigieren, und Schwester Mary vertraute es mir an. Ich ließ absichtlich zwei Rechtschreibfehler stehen, aber er bekam den Platz trotzdem. Er sagte, er werde mir schreiben, was er nie tat. Seine Mutter zeigte mir ein Foto von ihm auf einem Boot auf einem Fluss, in einem langen schwarzen Mantel. Ich hatte darum gebettelt, das Foto behalten zu dürfen, nicht wegen des Jungen darauf, sondern weil sein Gesicht etwas verschwommen war, sodass ich mir einbilden konnte, die Person auf dem Boot wäre ich.

Am letzten Schultag hatte meine Lehrerin sich nicht einmal verabschiedet. Sie hatte gesagt, *wir sehen uns auf dem Markt.*

Es war Flut. In Tads Gezeitenkalender, demjenigen, den er immer für uns zu Hause ließ, stand es anders. Der Kalender war auf rosa Papier getippt, und jede Saison, wenn Tad das Festland besuchte, bekam er einen neuen. Er sagte, er brauche ihn nicht, er schätze die Gezeiten nach Sicht ein wie sein eigener Vater früher. Ich erinnerte ihn nicht gern an die Male, wenn er sich geirrt hatte, an denen er mit feuchter Hose und Schuhen voller Sand nach Hause gekommen war.

Ich ging zum Strand, um mir den Wal selbst anzusehen. Wenn ich allein herumlief, träumte ich gern vor mich hin, manchmal davon, für eine wohlhabende Familie auf dem Festland als Schneiderin zu arbeiten, oder davon, eine Nonne irgendwo in Europa zu sein, in einem hohen weißen Turm an einem Marktplatz zu wohnen. Im Geiste sagte ich Bibelverse mit einem englischen Akzent auf und formte jedes Wort sorgsam mit der Zunge. Ich folgte den Leuten, um den Wal zu finden. Die Bucht war flach, und ich sah zusammengedrängte Menschen. Der Sand war feucht und zerrte an meinen Schuhen.

Im Wasser, wo die Felsen mit wächsernem schwarzgelbem Seetang bedeckt waren, führten vier Männer einen

Stier zu einem Boot, um ihn aufs Festland zu bringen. Einer lief in Kreisen hinter dem Stier her und trieb ihn vorwärts. Ein anderer stand im Wasser auf Höhe der Bootsmitte, um ihn bei den Hörnern packen und festhalten zu können. Einer wartete mit einem aufgerollten Seil um die Schultern im Boot, damit er ihn schnell an einem Eisenring im Rumpf anbinden konnte. Der Stier ging langsam und warf den Kopf hin und her. Als der Mann am Strand ihm näher kam, schlug der Stier aus. Er war schwarz, mit einem dünnen weißen Streifen auf der Nase, ein heller Riss.

Als ich an den Männern vorbeikam, blieb der vorderste stehen und wandte sich zu mir um. Er setzte den Hut ab und machte eine komische kleine Verbeugung. Ich beachtete ihn nicht, und die anderen lachten. Das Boot schaukelte, und der Stier rannte an ihnen vorbei. Er rannte ins Wasser, und die Männer schrien. Ich ging schneller, lauschte ihrem Brüllen, den Wellen, dem Schnauben des Stiers.

Das Wasser war blassbraun, und der Schaum erinnerte mich an die Schafsköpfe, die Tad auf dem Herd kochte, Fell um den Topfrand herum. Ich beobachtete, wie er dichter an meine Füße schwappte, nur Zentimeter entfernt, und sich wieder zurückzog. Ich hasste es, wenn ich Wasser in die Schuhe bekam.

Als ich mich der Menschenmenge um den Wal herum näherte, sah ich, dass auch Vögel da waren, Kreise in der Luft zogen und auf etwas herabstießen. Einer flog knapp über meine Schulter mit etwas im Schnabel. Im Sand lag ein Boot auf der Seite, und eine Katze schlich aus dem Rumpf und fauchte mich an.

Ich schlängelte mich durch die Leute. Jede zurückrauschende Welle enthüllte den Körper des Wals, riesig und zusammengekrümmt. Ich überlegte, wie ich meiner Schwester davon erzählen wollte, wenn sie von der Schule kam, prägte mir den Anblick gut ein, die dunkle Wölbung des Rückgrats und das breite Maul, bronzefarben im tief stehenden Licht.

Als ich zurückging, drehte ich mich um und glaubte, meine Mutter in der Mitte des Ganzen stehen zu sehen. Sie bückte sich und berührte etwas. Um ihre Haare und Schultern herum hing Nebel. Ihre Wollsachen wirkten nass. Als ich später nachsehen ging, waren die Felsen mit weißen Flechten bedeckt, die feinen Ästchen geformt wie winzige Hände.

Ich lag auf dem Bett von Llews Mutter und blätterte durch ihre Bücher. Sie hatte sie so hoch wie ihr Kissen aufgestapelt, und ich nahm mir das oberste. Ein Liebesroman, mit einem stattlichen Brigadegeneral auf dem Umschlag. Die Seiten waren irgendwann feucht geworden und wieder getrocknet und jetzt wellig. Auf den Rändern waren gelblich braune Flecken.

Llew lag neben mir und starrte an die Decke. Er nestelte an den Händen auf seiner Brust, zupfte an der Nagelhaut herum. Llew war der einzige andere Bewohner der Insel, der im selben Jahr geboren war wie ich. Eines Sonntags nach der Kirche, drei Monate zuvor, hatte er mir einen Zettel gegeben. Darauf stand: *Hallo. Mir gefällt dein rosa Kleid*. Ich hatte zurückgeschrieben: *Es ist pfirsichfarben*.

Jetzt wandte er mir das Gesicht zu, den Blick auf die Bettdecke unter uns gerichtet. Er fingerte immer noch herum, zog eine Feder aus dem mit Rosen bedruckten Stoff.

»Ich hab' gehört, dass eine Fabrik auf dem Festland Arbeiter sucht.«

»Das klingt ziemlich vage.«

Er zog die Nase kraus, fragte mich, warum ich immer so sein müsse. Er strich mir mit der Feder über den

Handrücken. Seufzend legte ich das Buch auf den Stapel zurück. Llew bedeutete mir nicht viel. Aber wenn ich Ja zu ihm sagte, ihn küsste, andere Sachen, kam ich mir eine Spur weniger seltsam vor als sonst. Ich wusste, dass die meisten Mädchen ihre Mutter fragten, was sie nach der Schule machen sollten, was sie mit Männern machen sollten, aber ich hatte keine Mutter, die ich fragen konnte. All meine Entscheidungen kamen mir vor, als versuchte ich, einen Fisch zu fangen, den es nicht gab, bis ich ihn fing.

»Was für eine Arbeit wäre das?«, fragte ich.

»In einer Heringfabrik.«

»Ziehst du hin?«

»Nicht ohne dich.«

Er küsste mich auf die Lippen und rollte sich auf mich. Sein rechter Arm drückte mir furchtbar in die Seite. Er schob die linke Hand unter mein Oberteil, hinauf zu meiner Brust, und seine Hand war kalt. Ich starrte den Brigadegeneral an, bis wir fertig waren.

Hinterher saßen wir am Kamin, unsere Schatten zuckten an der Wand. Llews Mutter war bei ihrer Schwester am Fuß des Hügels. Sie würde bald zurückkommen. Ich musste gehen, aber keiner von uns rührte sich.

»Du heiratest mich doch, Manod, oder?«, fragte er. Das sagte er jedes Mal, wenn ich ihn traf, mit unterschiedlich starkem Nachdruck, seit dem Frühjahr. Ich hatte aufgehört, ihm zu erklären zu versuchen, dass ich das nicht vorhatte, und mir angewöhnt, einfach überhaupt nicht zu antworten. Gelegentlich erwog ich es sogar. Am Waschtag legte ich mir die Spitzentischdecke um das Gesicht und ließ sie mir auf den Rücken fallen.

In den Scheiben der Vitrine an der Wand gegenüber spiegelte sich das Feuer. Sie war aus dunklem Holz und hatte Glaseinsätze in den Türen. Darin stand Geschirr aller Art, das meiste zerbrochen. Manchmal öffnete Llew die Tür für mich und ließ mich hineinsehen. Einiges war noch heil, in Form von Butterdosen oder kleinen Eierbechern. Er hatte mir erzählt, es sei die Sammlung seiner Mutter und sie finde die Sachen am Ufer, wo sie angespült würden. Ein unbeschädigtes Stück bringe Glück. Sie hatte mit dem Sammeln angefangen, als ihr Mann, Llews Vater, auf dem Meer umgekommen war und sie auf einmal viel freie Zeit hatte.

Ich spürte Llews heißen Atem am Ohr.

»Ich habe einen Freund in einer Stiftefabrik. Aus der Schule. Er hat sich zum Abteilungsleiter hochgearbeitet. Das könnte ich auch schaffen«, sagte er.

Manchmal griff ich in die Vitrine und holte die Teile einzeln heraus. Der Großteil war weiß, mit Blumenmustern in unterschiedlichen Farben. Mir gefielen die grünen oder rostfarbenen Muster. Die meisten waren leuchtend blau. Ich malte mir mich in einer Küche auf dem Festland aus, mit unzerbrochenem Geschirr für meine Gäste. Ich drehte die Teile gern um und betrachtete den Markenstempel auf der Unterseite. Sie kamen aus aller Welt. Worcester, France, Japan, Nantucket.

»Nantucket«, sagte ich. »Wo ist das?«

»Stell dir ein Leben vor, in dem du kein Bauer bist oder kein Fischer und deine Hände vollkommen glatt sind.«

Als er das sagte, breitete er die Hände aus, als zeigte er mir einen riesigen Fang.

Die Hummersaison auf der Insel begann im September. Boote fuhren zwischen Ebbe und Flut hinaus und suchten nach flachen Holzstücken auf der Wasseroberfläche. Die meisten Boote waren halb morsch und voller Seepocken, und die Netze hingen über die Seite wie Zungen. Sie hatten zum größten Teil Frauennamen, wie die Anna-Marie, die Nesta, die Glenys, und die Frauen, nach denen sie benannt waren, waren schon lange tot.

Das Holzstück wurde eingeholt, weil daran ein Seil befestigt war, und am Ende des Seils hing dann ein Käfig als Falle für den Hummer. Manchmal waren die Holzstücke bemalt, je nachdem, wer sie ausgelegt hatte. Außerhalb der Hummersaison ließ Tad die Käfige vor dem Haus stehen, wo sie säuerlich stanken und der Draht sich von Salz und Schimmel langsam weiß färbte.

Wenn die Boote hereinkamen, hielt ich Ausschau nach dem von Tad und half, die Hummer in große, flache Eimer umzuladen, die man aufeinanderstapeln konnte. Ich fand die Hummer immer sehr schön, gesprenkelt wie Eier, jeder mit seinem eigenen Blauton. Tad band ihnen die Scheren zusammen, die Hände von Narben bedeckt, wo sie ihn erwischt hatten, blasse Striemen auf der Haut. Er nannte sie *die Mistkerle*, nicht nett gemeint. *Schmeiß die*

Mistkerle da rein oder *drei Mistkerle in den Eimer da, pass auf deine Finger auf.*

Wenn die Männer die Hummer ausgeladen hatten, holte der Inselpfarrer, Reverend Jem, den schwarzen Talar aus seinem Boot. Auf dem Weg den Strand hinauf zog er ihn an, über den Tweedanzug, in dem er fischte. Er spuckte sich in die Hände und strich sich die Haare glatt. Seine Wangen waren von einem Netz grellroter Adern überzogen.

Wir stellten uns zu ihm und beteten zum Dank für den Fang. Hinter uns tobte und krachte das Meer. Die Männer standen schweigend da, und sehr still. Ich sah auf den Sand, meinen Vater, das Festland und wieder zurück.

Manchmal fertigte ich statt Kleidern kleine Stickereien an. Als Stoff nahm ich Taschentücher. An jenem Abend stickte ich den Wal. Für die Gesichter der Menschen darum herum benutzte ich pfirsichfarbenes Garn und setzte ihnen kleine Mützen in Rot und Grün auf. Körper bekamen sie nicht: zu kleinteilig. Über sie stickte ich Vögel: grau, schwarz und weiß. Rot und Orange für die Schnäbel. In der Mitte ein großer Wal. Ich liebte die Farbe seiner Haut, also verwendete ich Blau und Grau abwechselnd, sodass das Garn ein Schimmern bekam, wie eine Feder. Ich schob die Nadel durch den Stoff und spürte sie an meinen Fingerhut stoßen. Das machte ich wieder und wieder und wieder, bis das Zimmer um mich herum dunkel wurde.

Llinos war schon immer ein merkwürdiges Kind gewesen. Ihre Lieblingsbeschäftigung war, Knochen zu sammeln, wo auch immer sie welche finden konnte, und langsam zu vollständigen Tieren zusammenzusetzen. Wenn ich sie fragte, woher sie wusste, welcher Knochen von welchem Lebewesen stammte, zuckte sie mit den Achseln und sagte, so etwas wisse sie eben. Sie bewahrte die Knochen in Einmachgläsern überall im Rose Cottage auf. Manchmal holte ich eine Marmelade herunter und schrie auf bei dem, was im Glas dahinter lag.

Wir beide teilten uns ein Bett, und manchmal wachte ich nachts auf und sah Llinos ein Insekt an der Wand betrachten oder eine Flechte, die neben dem Fenster wuchs. Im vorangegangenen Sommer hatte unser Vater einen Meeresvogel erschießen müssen, der in einem schlimmen Winkel gegen unser Fenster geflogen war, und Llinos hatte kaum gezuckt; bei dem Schuss, dem klebrigen Fleck, den der Körper auf dem Boden hinterlassen hatte, bei dem geisterhaft weißen Abdruck auf der Scheibe. Wenn ich sie fragte, was sie mit ihrem Leben anfangen wollte, sagte Llinos nicht, sie wolle heiraten oder die Schule abschließen oder so etwas. Sie sagte: *eisiau dal pysgod, a'u bwyta. Ich möchte Fische fangen und sie essen.*

Llinos vertrug sich mit anderen Kindern, machte Erwachsene aber ratlos. Sie spielte mit Kindern, als wäre sie ein Hund; mit ihrem Balgen und Beißen und Spucken. Mütter auf der Insel hassten sie, sagten, sie sei minderbemittelt. Ich wollte unbedingt, dass sie Englisch lernte, und sei es nur, um diesen Frauen etwas zu beweisen, wenn ich auch nicht genau wusste, was.

―

Llinos wollte am Samstag Vogeleier an der Steilküste sammeln. Ich hielt sie an den Waden fest, während sie auf dem Bauch zur Kante robbte und sich nach den Nestern auf den obersten Felsen reckte. Sie reichte mir ein Ei nach hinten, dann zwei, und ich legte sie in ihren Korb. Llinos führte immer ein eigenes Ritual durch, bevor sie Eier sammeln ging, bei dem sie mit dem Fuß in die Erde vor unserer Haustür Eiformen malte. An jenem Morgen hatte sie es zweimal gemacht.

Oben auf der Steilküste war der Boden dicht mit Grasnelken bewachsen. Überall waren Kaninchenbauten und braune und schwarze Kaninchen. Die schwarzen stammten von einem ab, das Lukasz von einem Markt auf dem Festland mitgebracht hatte. Manche hatten gelbe Augen. Wir mussten auf allen vieren kriechen, damit wir nicht mit dem Fuß in den Bauten umknickten.

Ich fand Blumen, die ich zu Hause in meiner Bibel pressen konnte. Strandaster, Meerfenchel.

»So was machen die Damen auf dem Festland«, sagte ich zu niemandem. Das hatte ich in einer Zeitschrift gesehen. Zu Hause wollte ich eine gelbe Hornmohnblüte zwischen die Seiten legen und die Bibel fest zudrücken.

»Du solltest Englisch sprechen«, sagte ich zu Llinos. »Du solltest üben.«

»Nid oes ei angen arnaf«, erwiderte Llinos. *Ich brauche es nicht.*

»Wirst du aber, wenn wir die Insel verlassen.«

Sie drehte sich um und sah mich unverwandt an.

»Ich verstehe dich nicht«, sagte sie. Es war keinen Streit wert.

Sie hob eine leere Eierschale auf und legte sie sich in die Handfläche. Sie hielt sie mir dicht vor das Gesicht.

»Wer war das?«, fragte ich.

»Neidr. Adder. Rwyf wedi eu gweld yn ei wneud.« *Schlange. Ich habe das schon beobachtet.*

Sie ließ die Eierschale fallen und stampfte mit dem Fuß darauf.

Als wir nach Hause kamen, saß Llews Mutter an unserem Tisch, die Augen rot vom Weinen. Mir wurde flau im Magen. Ich überlegte, ob ich eine Delle in ihrem Bett hinterlassen hatte, ob wir daran gedacht hatten, das Laken glatt zu ziehen. Es standen zwei Tassen auf dem Tisch und ein Teller mit einer Brotrinde in der Mitte.

»Llew zieht weg«, sagte Tad zur Erklärung, als wir über die Schwelle traten.

Llews Mutter stieß einen Schrei aus und drückte sich das Taschentuch in den Mund. Sie war eine dünne Frau, wenn sie schluchzte, traten die Wirbel ihres Rückgrats unter ihrem Pulli hervor wie Dornen. Ich ging zu ihr und legte ihr die Hand auf die Schulter. Ihre Haare waren zu einem langen Zopf geflochten, der bis zur Taille reichte.

»Entschuldige«, sagte sie zwischen den Schluchzern. »Entschuldige. Du kannst das verstehen.«

»Du musst stolz auf ihn sein«, sagte Tad zu ihr. »Besser so. Er wird eine gute Arbeit finden, eine gute Frau.«

»Eine Frau?«, sagte ich. Zu meiner eigenen Überraschung klang meine Stimme ruhig.

Llews Mutter nickte.

»Er wünscht sich so sehr eine Ehefrau.«

»Und mit einer Frau kommen Kinder«, meinte Tad.
»Und denen wird es auf dem Festland besser gehen.«
Ich sagte nichts. Er hatte recht.
»Das stimmt. Das stimmt. Danke.«
Sie drückte die Hand meines Vaters, bis sie weiß wurde.

Sie brachten Eimer mit Wasser, nasse Decken und Mäntel und warfen sie auf den Wal, um ihn wiederzubeleben. Die Männer schmiedeten einen Plan, ihn zurück ins Meer zu leiten, und hatten ihn bis zum späten Nachmittag ins flache Wasser geschleppt. Der Wal trieb aufs Meer hinaus, drehte sich gelegentlich leblos auf den Rücken. Mehrere Kinder lagen ganz still auf dem Strand und taten, als wären sie der Wal. Sie schleiften einander schreiend ins Wasser und dann wieder heraus.

Männer und Frauen sammelten sich an der Kirche. Jemand hatte eine Zeitung dabei, hielt sie an eine Mauer, damit alle lesen konnten. Etwas geschah in einem anderen Land. Nächte voller Gewalt. Noch ein Krieg? Fragte einer. Gott bewahre, erwiderte ein anderer. Diese Gespräche hörte ich seit dem Frühling: die stetig steigenden Preise auf dem Festland, beunruhigende Nachrichtenfetzen über Annexion und Waffen. Auf der Insel wurde das bald verdrängt durch eine andere Sorge, eine Schafseuche, einen Riss in der Wand, auf einem Nachbarfeld erwischte Kaninchen. Aber es fühlte sich an, als würden uns die Nachrichten vom Festland umkreisen, sich immer näher heranschleichen.

Hinter der Menge glaubte ich, den Umriss eines Mannes und einer Frau in blauen Wolljacken zu sehen, die Richtung Strand gingen. Mein Herz machte einen Satz. Da war niemand.

Auf der Insel gab es mehr leere Häuser als bewohnte, hinterlassen von Familien, die aufs Festland gezogen waren. Unter den Dächern, die aus Stroh und mit Steinen beschwert waren, nisteten Schwalben. Fledermäuse, Wespen, Moos, Schimmel. Fünf unterschiedliche Arten von Knöterich. Im Sommer ging ich mit Llinos auf der Suche nach Schatten in die verlassenen Häuser, und manchmal fanden wir dort kleinere Gegenstände: eine Puppe, eine Zinngabel.

Das letzte Mal gingen wir im Juli. Innen war viel in die Wände geritzt, auf die Wände geschrieben, Namen und unanständige Bilder. Im kleinsten Haus ganz am Ende, dem Wasser zugewandt, fanden wir ein junges Pärchen, ein Mädchen, das ich aus der Schule kannte, und einen Festlandjungen. Sein kleines Boot lag unten am Strand. Er hatte einen freien Oberkörper, und sie drängten sich im hinteren Zimmer aneinander. Als sie uns bemerkten, kreischten sie und sprangen auseinander. Wir sahen, dass das Kleid des Mädchens am Kragen offen war und die Spitze ihres Unterrocks freigab. Sie rannten weg, Hand in Hand. Das Mädchen drehte sich um und funkelte mich böse an. Wir machten den Fehler, Tad davon zu erzählen, und er sprach Reverend Jem darauf an. Reverend Jem riet ihm, uns in die Zinkwanne zu tauchen, wenn sie voller Wasser war, um uns den Kopf von innen auszuwaschen.

Und so spielten sich die Tage ab, während ich darauf wartete, dass etwas geschah. Der Morgen hatte einen gewissen Ablauf. Ich schmierte Llinos dick mit Salbe ein, um ihre Haut vor der Kälte zu schützen, wodurch sie nach altem Fleisch roch. Ihr Gesicht glänzte von der dicken Schicht darauf, blass und rund wie ein Mond.

Wir aßen Sodabrot mit Butter und Salz. Tad setzte sich schweigend zu uns. Llinos tauchte den Finger in die Butter und leckte ihn ab. Ich zog sie an, holte schaudernd die Knochen aus ihren Taschen. Ich flocht mir die Haare zu zwei dünnen, hellen Zöpfen, nahm die Seife vom Waschbecken und glättete sie damit.

Tad hatte Fotografien in unterschiedlichen Stadien des Zerfalls an den Wänden: ernsthafte Frauen aus dem vergangenen Jahrhundert mit schwarzen Kopftüchern, Männer mit dichten Bärten, Jungen in Latzhosen neben großen, kopfüber an Winden hängenden Kreaturen, die glasigen Augen auf Höhe ihrer Schultern. Es gab Fotografien von seiner Hochzeit mit Mam, sie dunkelhaarig, das weiße Kleid auf ihrer weißen Haut verblassend, und Tad dünn, wie er es immer noch war, mit von der Armee kurz geschorenen Haaren. Dazwischen waren Heiligenbilder, nicht angenagelt, sondern aufgestellt, wo auch immer die rauen Wände einen kleinen Vorsprung bildeten. Sankt

Petrus, Sankt Brendan, eines, das Tad zwischen zwei Holzplanken im Boot gefunden hatte. Die untere Hälfte war dunkel und mit Sand verklebt. Der Heilige darauf weinte.

Von mir gab es nur ein Bild. Es war von Merionn auf dem Hügel aufgenommen worden. Ich stand vor einer Spielzeugkutsche aus Holz mit zwei Holzpferden.

Es gab auch eine Fotografie von Llinos, ebenfalls von Merionn mit demselben Apparat geknipst. Elis war mit darauf. Llinos war genauso groß wie er, also konnte sie erst zwei oder drei Jahre alt gewesen sein. Sie trug Weiß, ihr Taufkleid, und sah lächelnd in die Kamera, die Augen auf dem Bild blass und wässrig. Elis musste den Kopf bewegt haben, als der Blitz losging. Über seinen Schultern war nur ein grauer Schemen, der sich mit den Ginsterbüschen hinter ihm vermischte.

Von Llew hörte ich nie wieder. Keine Briefe, keine Besuche. An dem Tag, an dem er wegging, täuschte ich Menstruationsschmerzen vor. Ich lag auf dem Bett und betrachtete die Kieselputzdecke, die für mich immer mehr wie geronnene Milch aussah.

Es gab eine Geschichte, die unsere Mutter uns gern erzählte. Sie sparte sie sich auf für die Tage, wenn sie, Llinos und ich auf der Steilküste unterwegs waren. Manchmal fanden wir dort oben Krabben, die von der Küste hochgewandert waren. An diesen Teil erinnerte ich mich, denn an ihrer Unterseite hingen Beutel mit Eiern. Ich hob sie immer auf und drehte sie um, und durch die dünne Haut, auf der Sand und Salz tanzten, konnte ich Kügelchen erkennen. Es gibt Tage, an denen ich mich nicht mehr erinnere, wie meine Mutter aussah, aber ich erinnere mich an die Beschaffenheit und Form der Krabben und der Eier, als hielte ich sie immer in der Hand.

Die Geschichte ging so. Vor unserer Zeit lebte eine Frau auf der Insel, eine Frau mit drei Töchtern. Als das Meer die Frau mit ihren Töchtern auf der Steilküste spazieren sah, wurde es neidisch und schleuderte eine riesige Welle hinauf. Die Welle spülte die Töchter fort und ließ die Mutter nass und allein zurück. Die Frau wartete, dass ihr das Meer ihre Töchter wiedergab, betete jeden Tag zu ihm. Aber das Meer konnte sie nur als Möwen zurückbringen, die zu ihr hinaufflogen und ihr ins Ohr schrien.

Die Insel hatte kein blaues Meer, sie hatte ein graues. Es war nah genug, um das Haus bei Flut mit Wasser zu besprühen und die Farbe anzugreifen. Es reichte hinauf zu unserem Schlafzimmer, dem Fenster hinter dem Bett. Manchmal, wenn ich aufwachte und noch halb schlief, schien es sich angeschlichen zu haben wie eine Überschwemmung. Das Gras vor dem Fenster sah aus, als wüchse es direkt daraus hervor, wie Fell an einem riesigen Körper. Manchmal starrte mich eine Möwe an, tippte mit ihrem gelben Schnabel an die Scheibe.

Oktober

Die Uferlinie schob sich durch das von den Wellen angeschwemmte Sediment auf uns zu. Morgens huschten ganze Horden von Krabben heran, rote und grüne Kleckse. Auf der Steilküste wimmelte es im Ginster von orangen, violetten und weißen Schmetterlingen. Der Wiesenkerbel rollte sich bräunlich ein.

Eines Morgens folgte ich Tad und Llinos ins Watt zum Miesmuschelnsammeln. Wir brachen früh auf. Am Wegesrand lag Raureif, und der Himmel war wolkenlos und still. Hinter uns riefen die Hummerfischer einander zu. Seehunde bellten. Die Wassertümpel schimmerten blass, eine Farbe, die Llinos Schlangenbauch nannte, nachdem wir einmal oben auf der Steilküste eine Ringelnatter beobachtet hatten, die sich langsam auf den Rücken gedreht hatte und gestorben war. Dunkle Vögel staksten von einem Tümpel zum anderen, etwas Zappelndes im roten Schnabel.

Eine Windböe wehte mir die Haare ins Gesicht, und ich musste mich umdrehen, um sie mir aus Mund und Augen zu streichen. Da sah ich das weiße Boot ankommen.

Boote an der Ostseite der Insel bedeuteten normalerweise Briefe oder Seeleute, die die Insel als Zwischenstation nutzten, und das hieß klebrig süßes Dosenobst oder Salzfleisch, das man herumreichen konnte. Wenn Besucher nahe dem Ufer vor Anker gingen, fuhren ein paar von den Jungen auf ihren klapprigen Rädern hin, holten ab, was auch immer sie an Bord hatten, und brachten es zu den Häusern. Man hörte sie aus einem Kilometer Entfernung, so wie die Räder von dem Rost wegen des ganzen Salzwassers in der Luft quietschten. Im Vorjahr hatte ich mir angewöhnt, sie abzufangen. Ich kannte sie alle mit Namen. Ich wartete zu Hause, bis die Fahrräder am Gartentor auftauchten. Die Jungen händigten aus, was sie hatten, und ich tat, als gäbe ich ihnen ein paar Münzen. Die Jungen taten, als schüttelten sie den Kopf, tippten sich an die Lippen, und ich küsste sie, winkte ihnen nach. Wenn sie außer Sicht waren, wischte ich mir die Feuchtigkeit von den Lippen. Manchmal räusperte ich mich und spuckte alles aus.

⁓

Als Llinos und ich am Strand ankamen, watete Tad bereits an die Stelle, an der das Boot lag. Ein dünnes Tau spannte sich ins Wasser und hielt das heftig schaukelnde Boot fest, und ein Mann im Bug winkte und rief.

Tad half ihm aus dem Boot ins flache Wasser. Hinter ihm tauchte eine Frau auf, einen Hut in einer Hand, und stieg auf dieselbe Weise aus. Der Mann hatte sich die Hose zu dicken Aufschlägen hochgekrempelt, seine

Knöchel schimmerten blau vor Kälte. Er hatte Mühe, das Gleichgewicht zu halten, als er ans Ufer watete. Im Gehen sah er aus wie die dürren Fliegen, die im Sommer an der Fensterscheibe saßen. Langgliedrig, durchscheinend, unbeholfen. Als er den Strand erreichte, fiel er auf die Knie und übergab sich.

Im Haus wirkten die beiden merkwürdig, wie ein Vogelpaar auf der Suche nach einem Schlafplatz. Ihre Blicke huschten hin und her, und die Frau hockte auf der Stuhlkante. Der Mann betrachtete eingehend die Bilder an der Wand, schlurfte langsam daran entlang. Ich war nicht sicher, was ich zu ihnen sagen sollte.

Sie hatten sich selbst zum Kaffee eingeladen, nachdem sie sich vorgestellt hatten. Edward, der Mann, und Joan, die Frau. Englischer Akzent. Tad war verdutzt, als Joan ihm die Hand schüttelte wie Edward vorher. *Und warum seid ihr jetzt gekommen? Man muss die Zeit zwischen Ebbe und Flut abpassen*, erklärte Tad ihnen. Sie erkundigten sich nach einer Unterkunft, und Tad sagte, *kein Hotel, aber reichlich leere Häuser.* Er ging wieder, um weiter Muscheln zu sammeln. Ihre Koffer waren schwer. Ich ließ Llinos die Hutschachtel der Frau tragen.

Llinos schob ein kleines Spielzeug über den Steinfußboden des Rose Cottage. Sie tat nur so, wie sie es oft machte, wenn sie eigentlich lauschte. Unter ihrem dicken Pony konnte ich ihre Augen sehen, die uns drei beobachteten.

»Möchten Sie Milch?«, fragte ich. Joan sagte Ja.

Ich hatte noch nie vorher mit Engländern gesprochen. Joan hatte blonde, dauergewellte Haare, bei deren Anblick sich meine fettig am Kopf anfühlten. Dünne hellbraune

Augenbrauen. Sie sah aus wie die Frauen, von denen ich in Zeitschriften las, die durch Kopfsteinstraßen liefen und in Autos fuhren. Sie holte ein Taschentuch hervor. Es war himmelblau, Baumwolle, weiß bestickt.

»Wie war Ihre Reise?«, fragte ich.

Joan tupfte sich die Stirn ab. Sie war immer noch blass.

»Ziemlich wackelig«, sagte sie.

»Das tut mir leid.«

Ich gab ihr die Dose und einen Löffel.

»Ach so, es ist Milch*pulver*.«

Bei der Erheiterung in ihrer Stimme errötete ich. Ich wurde von Scham ergriffen. Am liebsten hätte ich die Dose unter den Tisch geworfen. Ich zeigte auf Leahs Ziegen, die vor dem Fenster grasten. Ihre haarigen Rücken waren gerade eben zu erkennen.

»Entweder das oder Ziegenmilch.«

Sie schob mir ihre Tasse hin. Ich löffelte etwas hinein und rührte um, versuchte, die Klümpchen auf den Boden zu drücken. Ich betrachtete Joans Hände, die Perlmuttknöpfe an ihrem Blusenärmel. Der Stoff war grün, eine Art Krepp.

»Ihre Bluse ist sehr schön«, sagte ich.

»Ach, das alte Ding.« Sie bedankte sich für die Milch.

»Wir haben nicht oft Besuch. Sonst hätte ich natürlich etwas Besseres anzubieten. Kuchen. Glasierten Kuchen. Gebäck.«

»Ah, das ist uns klar«, sagte Edward. Er und Joan wechselten einen Blick.

Er setzte sich zu uns an den Tisch und löffelte sich Pulver in den Kaffee.

»Eigentlich sollten wir gar nicht auf die Insel kommen. Es war ein … spontaner Abstecher.«

»Machen Sie Urlaub hier?«, fragte ich. In der Nähe gab es Seebäder. An hellen Tagen konnte ich das Riesenrad sehen.

»Nein.« Joan lachte.

»Wir kommen von einer Universität in England. Für ein Forschungsprojekt. Wir dachten, Sie erwarten uns vielleicht.«

»Ehrlich? Ich?«

Edward beschrieb mit den Händen einen Kreis. »Sie im Sinne von die Insel. Wir haben den Besuch mit dem Pfarrer vereinbart, Jeremiah Jones?«

»Es war ziemlich kurzfristig«, warf Joan ein.

»Aha. Er hat nichts gesagt. Oder vielleicht doch. Die Leute erzählen mir nichts.«

»Frag sie, warum sie hier sind«, sagte Llinos auf Walisisch, ohne den Kopf zu heben.

»Llinos, sprich Englisch. Sei nicht unhöflich.«

»Das macht nichts.« Edward wandte sich an sie. »Wir lernen gerade Walisisch. Haben es die ganze Fahrt über gesprochen. Beth ddywedoch chi? Was hast du gesagt?«

Llinos sah ihn an und lachte. Ein hohes Lachen, scharf und gemein. Ich schickte sie in den Garten hinaus. Sie ging, ohne mich anzusehen, und knallte die Tür hinter sich zu.

»Entschuldigung«, sagte ich. »Sie versteht schon. Sie ist nur frech.«

Das darauffolgende Schweigen war betreten. Hinter den Köpfen der beiden sah ich Llinos am Fenster stehen.

»Wir haben in Abergele von der Insel gehört«, sagte Joan. »In einem Pub, einer der Fischer erzählte uns von dem Wal, der hier angespült wurde.«

»Der ist immer noch da.«

Joan nickte.

»Würden Sie diese Fotografien mit mir durchgehen?«, fragte Edward und stellte sich wieder vor die Wand.

Ich beschrieb jede einzelne. Mein Großonkel Bryn, der nach Llandudno gezogen und Metzger geworden war. Der Zwillingsbruder meines Vaters, Marc. Von ihm hatten wir nur eine Zeichnung. Jemand auf der Insel hatte sie angefertigt. Emlyn, Marc, die Onkel meines Vaters. Alle im Krieg gefallen. Llinos, Elis. Und meine Mutter, die Porträts von ihr, immer mit Lippenstift. Jeden Ostersonntag fuhr sie aufs Festland, um sich in einem kleinen Studio dort fotografieren zu lassen. Ich hätte ihm sagen können, welche Farbe die Lippenstifte hatten, obwohl die Bilder schwarzweiß waren, weil ich sie so lange betrachtet hatte, dass ich sie mir eingeprägt hatte. Rot, Purpur, Orange.

Als ich mich wieder zu Joan umwandte, schrieb sie in ein ledergebundenes Büchlein. Ihre Stirn war gefurcht. Ich geriet in Panik.

»Entschuldigung. Entschuldigung. Ist das langweilig?«, fragte ich sie.

»Überhaupt nicht«, sagte sie mit großer Bestimmtheit. »Ich schreibe alles auf, was Sie sagen.« Sie sah zu mir auf und lächelte, wieder Farbe in den Wangen.

Als sie gegangen waren, konnte ich nicht zur Ruhe kommen. Ich spülte ihre Tassen dreimal. Ich wünschte mir, ich hätte gefragt, was für ein Projekt es war. Welche Universität es war. Mehr über die beiden. Edwards Akzent zerteilte die Sätze in säuberliche, akkurate Happen, eine Stimme, wie ich sie bis dahin nur im Radio bei Leah zu Hause gehört hatte. Ich wusste schon nicht mehr, wie sie ausgesehen hatten. Ich fragte Llinos, *wie sahen sie aus?*, und Llinos zuckte mit den Achseln.

Wir saßen nebeneinander auf zwei Stühlen und warteten auf Tad. Ich dachte, dass ich eine weitere Stickerei anfangen sollte, konnte mich aber nicht dazu bringen aufzustehen.

»Der Mann sah gut aus, oder?«, sagte ich.

Llinos' Brustkorb hob und senkte sich an meinem Arm.

»Und die Frau. Die Frau sah auch sehr gut aus. Oder?«

Llinos zappelte und vergrub das Gesicht an meiner Schulter. Sie bat mich, ihr etwas vorzusingen, damit sie einschlief. Ich sang das erste Lied, das mir einfiel, ein altes, das ich aus der Schule kannte, über eine schwarze Stute, die jemand auf einem Jahrmarkt kauft. Der Käufer füttert das Pferd, um es stark zu machen, es wird aber nur dick. Die Stute wird so dick, dass sie stirbt und ein Festmahl für Elstern und Krähen wird. Bei der letzten Strophe, in der der Sänger um Geld bittet, um sich eine neue Stute zu kaufen, und das Lied von vorn beginnt, schnarchte Llinos schon sanft. Ich sang es noch einmal, halblaut. Draußen zischte das Meer wie ein Schwarm Insekten. Ich hörte Tad nicht nach Hause kommen.

Auf der anderen Seite der Insel kehrte der Wal zurück, erschlafft dieses Mal, auf die Seite gedreht. Das Wasser war voller Quallen, die wie Blasen den Sand bedeckten. Im Bauch des Wals waren lange dunkle Ritzen wie in der Rinde eines Baums. Außerhalb des Wassers, im Sand wurde die Größe des Wals überwältigend. Der Bauer, der ihn fand, versuchte, ihn ins Wasser zu schieben, während sein Hund die beiden kläffend umkreiste. Er konnte den Geruch nicht ertragen, das Gefühl, dass sich etwas unter der Haut bewegte.

Die Überfahrt ist rau und kalt; mein Kollege ist grässlich seekrank. Wir werden am Ufer von einem Mann und seinen zwei Töchtern empfangen. Die Ältere spricht gut Englisch, aus der Schule und der Bibel, erzählt sie uns später, aber die Jüngere nur Insel-Walisisch. Unsere ersten Eindrücke der Insel decken sich mit denen, die uns von anderen vermittelt wurden: eine kilometerlange Landzunge mit Fels und Heidekraut, kleine, reetgedeckte Steinhäuser. Die Menschen zeigen ihren Abstand zum Festlandleben fast unmittelbar, indem viele wie vor etwa zwanzig Jahren gekleidet sind, in dicken Samt und Tweed, feste Wolltücher um Hals und Brustkorb geschlungen. Bei den Mädchen zu Hause trinken wir Kaffee mit Pulvermilch. Die Ältere ist überraschend aufgeweckt und gebildet. Die Jüngere scheint Angst vor uns zu haben. Der Vater geht zu den Fischerbooten zurück, nachdem wir angekommen sind.

Als wir bei der Kirche ankommen, erfahren wir vom Pfarrer Jeremiah Jones, dass die Bevölkerung sich aus fünfzehn Männern (einschließlich seiner selbst), zwanzig Frauen und zwölf Kindern zusammensetzt. Jeremiah serviert uns Scholle, deren Haut orange gefleckt ist. Man glaube, sagt er, dass die Flecke Glück brächten, und die meisten Insulaner äßen sie mit. Die Haut ist zäh und salzig, und er lächelt, während wir beide sie hinunterschlucken.

Mam gab uns nie ihre Hand. Sie sagte, sie möge das Gefühl nicht. Unsere Hände seien klebrig und dick. Sie ließ uns nur ihren Ärmel festhalten. Einmal versuchte Llinos, ihre Haare zu halten, und Mam gab ihr eine Ohrfeige. Wir sahen sie auch nie Tad anfassen, obwohl wir sie manchmal dabei ertappten, dass sie schnäbelten wie Vögel. Wie alle Kinder waren wir neugierig hinsichtlich unserer Geburt. Ich fragte sie oft, *wie hast du uns bekommen? Woher kommen wir?* Und sie antwortete, *ich habe das Meer gebeten, und das Meer hat euch mir geschenkt.* Nachts träumte ich, dass ich an die Tür kam, und draußen war ein Baby, das auf einem Wellenkamm trieb.

Morgen, ich bekam das Feuer nicht in Gang. Die Scheite waren feucht von dem milden Abend. Ich gab auf und zog mich an. Ein Kleid und einen braunen Wollpulli. Ich entschied mich gegen den Pulli und zog ihn aus. Das Zimmer war eiskalt, und meine Brustwarzen standen aufrecht wie Spitzen. Ich zog mir ein anderes Kleid an, aus dickem Samt. Ich stellte mich vor den Spiegel. Glättete mir die Haare mit Seife. Zog den Pulli wieder an.

Tad beobachtete mich aus dem Augenwinkel. Er sagte, ich benähme mich komisch, seit die Engländer da seien, wie eine Katze vor einem Gewitter. Du hast vergessen, den Kamin anzuzünden, sagte er. Ich stampfte auf einen Scheit, um ihm zu zeigen, wie weich er war, und er schwieg.

Ich ging hinaus und lief zwischen Haus und Kirche auf und ab. Ich suchte nach irgendwelchen Spuren der Engländer, etwas, das sie vielleicht hatten fallen lassen, einer Silhouette in einem der hohen Fenster. Überall auf dem Sand waren Fußabdrücke, vom Wasser zur Kirche hinauf und wieder zurück, übereinander, umeinander herum. Der Strandroggen starb gerade ab und ließ seine Samen in alle Vertiefungen fallen.

Beim Gehen betrachtete ich die Fußabdrücke und fragte mich, ob irgendwelche zu ihnen gehörten.

Ich überlegte, Reverend Jem abzufangen, wenn er von den Booten kam, aber dann wären zu viele andere dabei, einschließlich Tad. Ich begegnete Carys, der Frau eines von Tads Freunden. Sie grüßte mich, und ich winkte zurück. Sie blieb stehen und sagte, *englische Männer. Die nehmen einen nicht mit, weißt du.* Tad musste etwas zu ihr gesagt haben. Ich lachte wie ein Schwein und ging schnell weiter.

Am Sonntag zogen wir unsere guten Sachen an und liefen zwei Kilometer Richtung Osten zur Kirche. Dort standen die Häuser dichter zusammen und zogen sich den Hang hinunter zu kleinen Buden und Tischen am Strand, die als Markt dienten. Die Männer wandten sich zum Grüßen nach Tad um und lächelten dann mich an. Ich hielt Llinos dicht bei mir, eine Hand auf ihrem Herzen. Ich war nicht hübsch: Die meisten Leute sagten, ich hätte schöne blonde Haare, weshalb ich sie mir am liebsten abgeschoren hätte.

Die Kirche war niedrig und moosbewachsen, mit einem dünnen Eisentürmchen. Es war das einzige Gebäude, das kein dickes Reetdach hatte. Weiße Möwen aufgereiht auf dem Dach, Guano so dick wie Gras, trotz der regelmäßigen Säuberung der Ziegel durch den Pfarrer. Innen roch es nach Feuchtigkeit. Eine große Maria aus Holz stand in den Dachsparren auf der linken Seite, ein Johannes der Täufer mit einem Holzschaf auf der anderen. Es hatte eine Zeit gegeben, in der die Figuren bunt angemalt waren.

Die Bänke waren klein, es passten nur ungefähr vier Personen darauf. Familien saßen zusammen. Als Mam noch gelebt hatte, war unsere Bank die Familienbank gewesen, und so betrachtete ich sie immer noch. Ihr altes Gebetskissen lag immer neben mir, der Baum und der Himmel von der Abnutzung braun verfärbt. Auf vielen Gebetskissen waren Bäume, die, weil es auf der Insel keine Bäume gab, wie Geschöpfe aus einer anderen Welt wirkten.

Tad unterhielt sich mit Leahs Mann, der auf der Bank hinter uns saß. Dafydd hatte ein Radio und erzählte Tad von einer Rede des Premierministers. Jeden Sonntag unterhielten sie sich so. Die beiden lachten verhalten. Ich hörte die Worte Münchner Abkommen und versuchte zuzuhören, aber Llinos stritt sich lautstark mit dem Jungen vor sich.

»Letzte Nacht hab' ich euren Hund heulen hören«, sagte der Junge, das Z pfiff durch die Lücke, die durch seine verkümmerten Schneidezähne entstand. »Meine Mam sagt, ihr seid ein fauler Haufen, weil ihr ihn einfach machen lasst.«

»Was hat denn deine Mam damit zu tun?«

»Ich sag's dir ja nur.«

Auf den Kragen des Jungen waren kleine Wale gestickt, primitive Wesen, die seine Mutter sich ausgedacht hatte, die Mäuler dicke, bösartige Schlitze.

»Du bist schmutzig«, sagte ich zu Llinos, bevor sie wieder weiterstreiten konnte. »Wie hast du es geschafft, dich vom Haus hierher schmutzig zu machen?«

Ich spuckte mir auf den Daumen und rieb ihr die Wange ab. Der Junge drehte sich zurück nach vorn. Ich schimpfte mit Llinos, weil sie sich in der Kirche stritt. Sie sagte, sie verstehe nicht, warum sie das nicht solle. Ich lauschte Tads Gespräch, das sich dem Hummerfischen zugewandt hatte, und Reverend Jeremiah stand mit ausgebreiteten Armen, geschlossenen Augen da und wartete darauf, dass sie still wurden.

―――

Jeremiahs Predigt nahm ihren üblichen Verlauf. Für erfolgreichen Fischfang musste gebetet werden, ein Beruf mit einem anständigen gottesfürchtigen Leben, danach der Seewetterbericht für die kommende Woche. Manchmal wurde seine Stimme von Möwen übertönt. Er las das Gleichnis vom vierfachen Ackerfeld vor. Ich betrachtete die Frauen in der Kirche und stufte ihre Frisuren von beste bis schlechteste ein. Wir bekreuzigten uns.

> Eine ruhige und friedliche See, o Herr, und eine ruhige und friedliche Fahrt –
> Segne die Männer, die sich bereitwillig in die Dunkelheit des Meeres wagen, damit wir auf der Insel Licht sehen können.

Ich faltete den Stoff meines Kleides wie eine Ziehharmonika und ließ ihn wieder los.

Ich wachte auf, als Jem Edward vorstellte, der in der vordersten Reihe saß, ohne dass ich es bemerkt hatte. Jetzt, da er nicht mehr auf dem Boot und bleich vor Seekrankheit war, sah ich, dass er unzählige dunkle Sommersprossen hatte und seine Haare, nicht länger vom Wind zerzaust, glatt und ordentlich waren, dunkel kupferfarben, mit einem geraden Scheitel. Er trug einen gelben Krawattenschal wie ein Filmstar, den ich in einer Zeitschrift gesehen hatte. Er sprach Walisisch, aber unbeholfen. Die Wörter für *bleiben*, *Dorf* oder *Haus* kannte er nicht. Joan saß stumm neben ihm und schrieb auf ihrem Schoß etwas. Als Jem sie erwähnte, drehte sie sich um und winkte. Ich sah zu Boden. Aus unerfindlichen Gründen wollte ich nicht bemerkt werden.

Eine Geschichte, die Inselkindern erzählt wird. Eines Tages geht ein kleiner Junge zum Spielen in die Dünen. Dabei findet er einen freigelegten Fingerknochen und nimmt ihn mit nach Hause. Er legt ihn sich unter das Kissen. Dort dürfte der Knochen nicht sein – er gehört unter die Erde. Und ohne das Wissen des Jungen wird die Welt, weil der Knochen von seinem rechtmäßigen Platz entfernt wurde, auf den Kopf gestellt. Fische kommen an Land, entwickeln Beine, schnappen mit offenen Mäulern nach Luft. Tiere gehen zum Meer hinunter und ertränken sich. Menschen laufen auf den Händen. Die Bäume hieven sich aus dem Boden und stehen auf ihren Wurzeln wie auf Füßen. Kaninchen machen kehrt und jagen die Füchse, Schmetterlinge jagen Rehe. Der Junge hört eine Stimme, laut in seinen Ohren, tief aus dem Boden hallend. Die Stimme sagt: *Gib mir meinen Knochen zurück!*

Der Junge hat Angst, läuft sofort in die Düne zurück und legt den Knochen unter den Sandhaufen, wo er ihn gefunden hat. Er spricht ein Gebet zu Gott, bittet um Vergebung, bittet darum, dass die Welt wieder richtig gemacht wird. Und vor seinen Augen kehren der Mond und die Sonne an ihren normalen Platz zurück, und die Vögel singen in den Bäumen.

Manchmal, wenn etwas anderes durcheinandergebracht wird, erlebt man diese auf dem Kopf stehende Welt, bis das Gleichgewicht wiederhergestellt wird. Wenn mein Vater einen Vogel fand, der nicht fliegen konnte, oder ein totes Schaf weit draußen im Meer, kam er nach Hause und stülpte meine Hosentaschen um, weil er überzeugt davon war, dass ich etwas gestohlen hatte. Haben Sie den Wal unten am Strand gesehen? Mein Vater würde durchdrehen.

SJCEG Transkript 13 1. Erhoben am 12.10.38 von G. Stephens (Hundezüchter, geb. 1873), wohnhaft Y Bwthyn Gwyn (White Cottage). Wurde mir am ersten Tag erzählt, im Anschluss an eine Predigt, übersetzt vom ortsansässigen Baptistenpfarrer. Variante eines Volksmärchens.

Ich dachte an die beiden Engländer, während die Tage sich veränderten, kälter wurden, dunkler wurden, während das Gras welk und braun wurde. In der Heringssaison gingen die langen Tage gemächlich ineinander über, wie ein sich im Schlaf bewegender Körper. Das Licht nahm morgens einen silbrigen Glanz an und in der Abenddämmerung ein Gedärmrot, und wenn die Vögel sich dicht bei uns am Ufer sammelten, weil sie wussten, dass wir dort Fisch verluden, sprachen die älteren Fischer der Insel von Guto, einem riesigen Vogel, der am Ende des Sommers Fische aus den nördlichen Gewässern holte, nach Süden flog und sie aus den Klauen wieder ins Meer fallen ließ. Lange Tische wurden am Ufer aufgestellt, auf die der Fang ausgeschüttet wurde. Die Frauen, die dort arbeiteten, hatten vom Blut dunkle Nägel, mit Eingeweiden verschmierte Schürzen. Ich stellte mir die beiden Engländer vor, wie sie bei dem feuchten Geruch, den rostkranken Booten die Nase rümpften.

Llinos und ich hatten bereits zwei Eimer Herzmuscheln gesammelt, und ich trug noch mehr in meinem Rock, der mittlerweile ausgebeult und nass war. Vor uns zog ein Pferd Rechen durch den Sand, um die Muscheln auszugraben, und wir liefen hinterher, hielten Ausschau nach ihrem weißen Rücken.

Der Wind war stark und peitschte den Strand an den ungeschützten Stellen. Auf dem Sand lag trockener Strandroggen, der mit der Wurzel ausgerissen war. Ein Strom von Möwen folgte uns, pickte die Strandflöhe aus den entstandenen Rillen heraus. Llinos drehte sich um und blieb vor mir stehen. Ich fragte sie, wo sie hinsah, und sie deutete mit dem Kopf hinter mich.

———

Joan schlängelte sich zwischen den langen Tischen hindurch. Sie plauderte mit den Frauen, lachte. Sie trug einen langen beigen Mantel. Als sie am Ende angelangt war, zeigten die Frauen auf den Strand, zu uns. Joan entdeckte mich und lächelte. Wir standen schweigend da, während sie auf uns zukam, den Mantel im Wind fest um sich geschlungen.

Als sie uns erreichte, war sie außer Atem. Sie streckte mir die Hand entgegen und nickte zum Gruß.

»Kalt, oder?«

»Schön, Sie wiederzusehen.«

»Ganz famos«, sagte Joan.

Sie strich sich mit einem knochigen, zarten Finger eine Strähne aus der Stirn. Ihre Augen waren klar und fröhlich.

»Wie geht es mit dem Projekt voran?«, fragte ich sie. Ich konnte mein Herz in den Ohren hören.

»Noch fast gar nicht. Wir gewöhnen uns noch an das Wetter.« Sie zeigte auf ihre Wangen, in denen die Adern rötlich schimmerten.

»Natürlich.«

»Ich habe nach Ihnen gesucht. Bei Ihnen zu Hause war niemand. Ich wollte fragen, ob Sie vielleicht an einer Arbeit interessiert wären. Gute Arbeit. Als Sekretärin.«

»Sekretärin?«

»Abschreiben, übersetzen. Mein Kollege und ich suchen jemanden. Wir waren beide sehr beeindruckt von Ihnen bei unserer ersten Begegnung. Sie sprechen gut Englisch, gut Walisisch.«

»Ja.« Ich strich durch die Muscheln in meinem Rock.

»Genau. Also, vielleicht können wir uns ja mal unterhalten. Wobei ich Ihnen nicht in die Quere kommen will.«

»Nein, nein, überhaupt nicht«, sagte ich hastig.

»Ich hörte, Sie sind recht belesen.«

»Ich hatte überlegt, mich auf dem Festland zur Lehrerin ausbilden zu lassen. Aber momentan braucht mein Vater mich noch hier.«

Plötzlich wurde mir mein Erscheinungsbild bewusst, mein nasser Rock voller Muscheln. Ich sah aus wie eine gewöhnliche Bäuerin. Ich ließ die Muscheln in den Sand fallen, bat Llinos, sie in die Eimer zu füllen. Llinos sah mich böse an, gehorchte aber.

Ich wandte mich wieder an Joan. »Wir können uns jetzt unterhalten.«

Joan lächelte. Ihre Augen tränten. Mein Atem bildete Wölkchen vor mir, sodass ihre Züge alle zu einem einzigen Schemen verschwammen.

Wir setzten uns an eine geschützte Stelle, hinter ein paar Felsbrocken. Joan war amüsiert von der plötzlichen Wetteränderung, wie warm die Luft ohne den Wind war.

»Es ist wunderbar hier«, sagte sie und fächerte ihren Mantel unter sich auf. »Wie eine andere Welt. Als ich klein war, habe ich mir immer abgelegene Orte ausgemalt. Es gibt so einen Roman, *Die Schatzinsel* …«

»*Die Schatzinsel* kenne ich«, sagte ich. »Den habe ich gelesen.«

Joan fuhr fort: Dass sie sich einen von Städten unberührten Ort erträumt habe, wo die Menschen wie Wildblumen seien. Ich hatte mich nie näher mit der Insel befasst. Ich hatte sie nie als interessant betrachtet oder als schön. Einen Moment lang schwiegen wir, und ich betrachtete den Strand, die Tische, die sich unterhaltenden Frauen, die Dächer der Häuser auf der Steilküste. Ich dachte mir, ich sollte Joan vom Frühling erzählen, wenn die Schafe geschoren und die Wolle zu Garn verarbeitet wurde. Einzelne Büschelchen lösten sich immer und schwebten durch die Luft, wie Feenflügel.

»Jedenfalls um Längen besser als die Stadt.«

»Ich möchte so gern in die Stadt.«

Joan lachte. »Welche?«

»So weit habe ich noch nicht gedacht.«

Jetzt lachte Joan lauter. »Sie sind geistreich. Ich mag geistreiche Frauen.«

»Sind Sie schon mal Zug gefahren?«, fragte ich. Sie nickte.

»Wie war das? Stimmt es, dass er kreischt?«

Sie beschrieb mir alles ganz genau: den Speisewagen, die am Fenster vorbeiziehenden grünen Hügel, die Ablage über dem Kopf, wo man seinen Koffer verstaute, und ja, das Kreischen. Während sie redete, sah ich auf den Horizont und stellte mir vor, ein Boot käme auf mich zu, etwas Goldenes und Glänzendes. Als ich mich wieder ihr zuwandte, bemerkte ich das goldene Kruzifix in Joans Kragen und den obersten Knopf aus künstlichem Perlmutt.

»Ich wusste nicht, dass Frauen auf dem Festland auf die Universität gehen können«, sagte ich.

»Aber natürlich. Schon eine ganze Weile.«

»Was dürfen sie noch?«

»Das meiste. Warum denn nicht?«

Darauf wusste ich keine Antwort.

»Ihr Englisch ist perfekt.« Joan musterte mich nachdenklich. »Edward hatte Angst, wir würden niemanden finden.«

»Ich hab' es in der Schule gelernt. Von Schwester Mary und aus der *Woman's Own*.«

Wieder lachte sie laut. Ich lachte ebenfalls. Auf der Insel fand mich keiner lustig.

»Aha. Jedenfalls ist es perfekt. Sie könnten als Engländerin durchgehen.« Joan blickte aufs Meer.

»Bestes Land der Welt.«

Auf der Ostseite der Insel gab es eine Höhle, in die die Sonne nicht vordringen konnte, die unter einem Felsüberhang versteckt war. Wenn es regnete, gluckerte und schoss das Wasser dort hinunter. Wenn es heiß war, legte sich der feuchte Geruch der Höhle über die Insel wie eine Hand. Llinos sagte, es lebe ein Geschöpf in der Höhle, ein schneeweißer Aal mit gelben Augen, der nicht sterben könne. Ein Junge aus der Schule habe ihr davon erzählt. Er stamme aus der Zeit der Dinosaurier. Doch, er werde sterben, entgegnete ich darauf, der immer gleiche Einwand. Alles sterbe. Vielleicht pflanze er sich fort, und die Jungen sähen genauso aus. Aber ich wusste, was Llinos meinte, und manchmal überlegte ich, danach zu suchen, ihn in einem Einmachglas für sie mitzubringen. Ich malte mir gern Llinos' Gesicht aus, wenn sie ihn sah, den weißen Körper, der sich um ihre Finger krümmte, von Anfang bis Ende in ihrem Leben blieb.

Ich bereitete die Zinkwanne im Hof vor. Erhitzte einen Topf auf dem Herd und trug das Wasser von drinnen nach draußen. Der Dampf fing sich an den Pflanzen und gefror. Llinos stieg zuerst hinein. Tauchte die Hände mit der Seife ins Wasser. Ich sah Fischschuppen an die Oberfläche steigen.

»Du hast dir die Hände nicht richtig gewaschen«, sagte ich.

»Doch ...«

»Du bringst Schuppen ins Wasser.«

Ich zog ihre Hände heraus, tastete dann auf dem Wannenboden nach der Nagelbürste. Llinos zappelte und bespritzte mir die Kleider. Ich hielt ihre Hände über den Rand und bürstete die Schuppen auf die Erde, grau schimmernde Scheibchen. Sie schrie, ihr sei kalt.

Ich pustete auf ihre Hände. Sie rochen so, wie ich mich an Mams Hände erinnerte. Früher hasste ich den Geruch. Am liebsten hätte ich ihn abgelutscht und zurück ins Meer gespuckt.

Hinterher saßen wir vor dem Kamin, um uns aufzuwärmen und unsere nassen Haare zu trocknen. Tad war draußen in der Wanne, und ich hörte ihn sich bewegen, das Wasser über den Rand schwappen. Ich erzählte Llinos von meiner Arbeit für die Engländer.

»Diese englische Frau«, sagte Llinos. »Die war komisch.«

»Eigentlich nicht. Du bist nur nicht an solche Leute gewöhnt.«

»Was für Leute?«

»Leute, die keine Bauern oder Fischer sind.«

Sie hielt mir das Garn, während ich stickte. Ich wusste noch nicht, was es werden sollte. Ich hatte Schafe auf einem Hügel gestickt und Menschen und begann gerade mit einer Schar schwarzer Krähen.

»Was wollte sie von dir?«

»Dass ich helfe. Die schreiben ein Buch.«

»Ein Buch?«

»Über die Insel. Sie kommen vom Festland. Weit weg, aus Oxford. Sie arbeiten für eine Universität. Joan sagt, wir sind sehr interessant. Jeremiah hat ihnen von meinem Englisch erzählt.«

»Das weiß ich. Ich war ja dabei.«

»Sie wollen mit den Leuten reden, aber sie verstehen kein Walisisch. Joan hat ein bisschen gelernt, aber sie sagt, es sind immer noch fremde Zungen. Joan ist sehr witzig.«

»Was will sie denn über die Insel wissen?«

»Alles, vermute ich.«

Meine Hände bewegten sich methodisch, ohne dass es

mir bewusst war. Ich verknotete das schwarze Garn und nahm das grüne für kleine Büschel Strandroggen.

»Aus der solltest du ein Skelett machen«, sagte Llinos.

Sie zeigte auf eine meiner Krähen, die aussah, als läge sie auf der Erde.

»Gib mir mal den weißen Faden.« Nach den Muscheln wollte ich es bei ihr wiedergutmachen.

»Manod«, sagte sie.

Ein weißer Knochen erschien auf dem Schwarz.

»Hast du Haare auf dir? An den versteckten Stellen?«

Ich begann mit dem Rückgrat, zwei Rippen. Eine gerade Linie zu sticken, war einfach.

»Ja, Llinos. Alle Damen haben das.«

»Cala fragt ständig, ob er sie sehen darf.«

Ich dachte an Cala – den schlaksigen Jungen aus dem Westen der Insel, einen von sechs Brüdern.

»Zeig sie ihm nicht.«

Ich ließ sie sich an mich schmiegen, während ich stickte. Mein Skelett musste ich nicht noch einmal nacharbeiten: Der weiße Faden hob sich gut vom Schwarz ab. Ich hielt den Stickring auf Armeslänge, um das ganze Bild zu betrachten. Es wirkte, als hätten sich die anderen Krähen um die tote herum versammelt. Eine Beerdigung, oder ein Festmahl.

Nachdem Llinos ins Bett gegangen war, fasste ich mich unter meinem Rock an. Ich hob ihn hoch und fand die richtige Stelle und ließ mich die Lust daran empfinden.

Ich versuchte, an Llew und unsere gemeinsame Zeit zu denken, aber ich sah immer nur Joan vor mir, ihre in der Kälte rosa Hände, und wie sie sich mit den Fingern die tränenden Augen gerieben hatte, sodass sie silbrig glänzten.

Der Hering wurde zu *bwrws* gebündelt und zurück auf die Boote gebracht, um ihn auf dem Festland zu verkaufen. Die Frauen arbeiteten schnell, banden die *bwrws* am Schwanz zusammen und zogen sie dann auf eine lange Schnur auf. Die Jüngeren, die von der Schule auf die Insel zurückkehrten, knüpften Bändchen an die Flossen. Auf dem Festland gab es große Wandgemälde an einigen Fassaden, die für den Hering der Insel warben: Die Fische waren silbern und blau und lächelnd, mit hübschen Bändern in bunten Farben. Die Mädchen in der Schule hatten mich oft gefragt, ob das mit den Bändern stimme, und ich hatte den Fehler gemacht, Ja zu sagen, dass allerdings die Bänder eher Sackleinenstreifen seien und nicht so bunt wie auf dem Bild und dass der Hering braun und traurig aussehe. Danach hatten sie nicht mehr mit mir gesprochen.

Rosslyn sagte immer, die Leute auf dem Festland wüssten kaum, dass die Insel da sei: Vielleicht würfen sie an einem klaren Tag einen Blick darauf, aber sie dächten nicht weiter daran, und ganz bestimmt wollten sie ihr keinen Besuch abstatten. Tad sagt, *sie denken daran, wenn sie Fisch auf dem Teller haben. Sie würden daran denken, wenn es keinen Fisch mehr gäbe. Mehr will ich davon nicht hören, Elis. Manod. Herrgott nochmal.*

Morgens sollte ich vor den Heiligenbildern beten. Darum hatte Tad mich gebeten. Reverend Jem sagte, streng genommen dürften wir nichts mit den Heiligen zu tun haben, aber alle Fischer machten das. Angeblich bewahrte Sankt Brendan sie davor, von einer Welle untergetaucht zu werden. Ich riet Tad immer, nicht seine Gummistiefel zu tragen, wenn er nicht ertrinken wollte: Solche Dinge würden ihn umbringen. Ich fegte den Kamin, öffnete die Tür und sah zu, wie die Asche in Spiralen herabfiel.

Joan wartete vor der Kirche auf mich. Ich trug mein bestes Kleid, ein weißes aus Musselin, und hatte mir die Haare geglättet. Joan begrüßte mich und winkte mich zu einem der Nebengebäude, wo Edward wartete.

Edward las an einem Holztisch. Das Nebengebäude hatte Löcher im Dach, durch die es langsam tropfte, und eine große Eisentür. Joan setzte sich neben Edward und deutete auf den freien Stuhl ihnen gegenüber. Ich betrachtete den Tisch, ein Durcheinander aus Zetteln, ledergebundenen Notizbüchern und einer großen schwarzen Kiste mit Messingverschluss. Edward nahm ein Blatt Papier von dem Stapel und gab es mir.

»Joan meinte, sie hat Ihnen ein wenig von dem Projekt erzählt«, sagte er, ohne den Kopf zu heben. »Hier ist ein Überblick über das, was wir so erforschen möchten.«

»Guten Morgen.« Ich machte einen kleinen Knicks.

»Ich weiß nicht, warum Sie Weiß tragen«, sagte Edward. Sein Blick huschte zu Joan, die ihn nicht beachtete.

»Künftig müssen Sie sich robuster kleiden.«

»Ach, Edward, sei ein bisschen liebenswürdiger«, sagte Joan und lächelte mich an.

Ich nahm das Blatt Papier aus Edwards ausgestreckter Hand und las die Liste durch.

Essen, Gebräuche.
Hochzeiten, Beerdigungen.
Lieder, Märchen.
Kinderspiele.
Landwirtschaft.
Besondere Anlässe.
Geografie.
Kirche.

»Das ist recht viel.« Ich sah die beiden an.

»Wir haben viel Zeit.« Joan lächelte immer noch. »Wir bleiben bis Ende des Jahres.«

»Unsere Ausrüstung müsste bald eintreffen«, sagte Edward, während er weiterlas. »Sie war zu schwer für das Boot, mit dem wir gekommen sind. Vorerst wollen wir also nur planen, wie wir vorgehen, und ein paar Kontakte knüpfen. Sie werden für uns übersetzen müssen. Ach ja, wann geht die nächste Post raus?«

Jetzt sah er auf und musterte mich über den Brillenrand. Seine Lippen waren breit und aufgesprungen, und von seinem Atem beschlugen die Brillengläser.

»Weiß ich nicht genau. Ich glaube, nächsten Monat.«
»Nächsten Monat?«

»Sie wird nicht so oft abgeholt. Hängt vom Wetter ab. Kann sein nächsten Monat, kann sein den Monat danach. Man kann über den Leuchtturm ein Telegramm schicken, aber das ist nur für Notfälle.«

Edward sah Joan scharf an und verdrehte die Augen.

»Ich gehe eine Zigarette rauchen«, sagte er.

Beim Aufstehen klopfte er auf den Tisch, und der

Zettelstapel geriet ins Rutschen. Ich fing ihn auf, aber nicht den Bleistift, der auf den Steinboden schepperte.

»Er hat nicht geschlafen, seit wir angekommen sind«, sagte Joan.

»Bei uns zu Hause wirkte er so freundlich. Habe ich ihn verärgert?«

Sie kam auf meine Seite des Tischs und legte den Bleistift wieder hin.

»Das mit der Post tut mir leid«, sagte ich.

»Ist schon gut. Wir wussten, worauf wir uns einlassen. Er möchte nur unbedingt Briefe an unseren Professor schicken.«

»Entschuldigung, dass ich etwas Weißes angezogen habe.« Ich hatte das Gefühl, ich müsste vielleicht weinen.

»Möchten Sie gern fotografiert werden?«, fragte Joan mit fröhlicher Stimme.

Sie griff nach dem großen schwarzen Kasten am anderen Tischende. Sie hielt ihn vorsichtig in einer Hand und bedeutete mir mit der anderen, meinen Stuhl an sie heranzurücken. *Noch näher, nach links, reicht.* Sie sagte, ich solle still sitzen.

Ich strich mir die Haare hinter die Ohren. Ich legte mir die Hände in den Schoß und dann eine ordentlich auf die andere. Ich stellte die Füße zusammen. Seit ich ein Baby war, mit den Holzpferden, war ich nicht mehr fotografiert worden. Als der Blitz ausgelöst wurde, tauchten lauter leuchtend grüne Punkte vor meinen Augen auf, die den Rest des Tages anhielten.

Als ich zurückkam, hockte mein Vater im Hof vor dem Eimer und zählte die Hummer, die er gefangen hatte. Er hatte seine Käfige dicht am Haus abgestellt, und sie rochen wie das Innere einer Höhle, waren weiß verkrustet. Die Glasschwimmer lagen um ihn herum wie kleine Planeten. Elis schnüffelte daran herum, dann legte er Tad die Pfote aufs Knie. Tad richtete sich mühsam auf.

»Pass auf, wie ich sie zähle. Mach es mir nach.«

Ich kniete mich vor den Eimer und klemmte ihn zwischen den Beinen fest. Dann sah ich meinem Vater zu, wie er zwei Hummer am Schwanz heraushob und so hielt, dass sie ihn nicht kneifen konnten. Ich machte es genauso und zählte rasch die Tiere darunter.

»Sieben.«

»Sprichst du jetzt schon zu Hause Englisch?«

»Saith.« Sehr viele waren es nicht.

Hinter ihm die Öllampe. In jenem Frühling war ein Tanker vor der Insel aufgelaufen, und alles benutzte immer noch seine Fracht. Licht flackerte durch das Fenster. Ich konnte Sand in seinem Bart erkennen. Er hatte seine Prothese gelockert und schob sie im Mund hin und her, mit einem klickenden Geräusch. Ich betrachtete seine Hand. Die Narben dort erinnerten mich an Stiche, beinweißer Faden.

»Ich möchte dich was fragen«, sagte er mit einem Schniefen. »Arbeitest du für die Engländer?«
Ich nickte.
»Hat Llinos mir erzählt.«
»Sie haben gesagt, ich könnte auf die Universität gehen.«
»Es heißt, dass es Krieg gibt. Ich weiß nicht, ob es eine gute Idee ist, sich mit den Engländern abzugeben.« Ich wusste, wer ihm das erzählt hatte: Fischer, die ihm zuriefen, wenn sie seinem Boot begegneten, Kunden auf dem Festland. Bauer Dai, der alle zwei Wochen die Zeitung von einem jungen Burschen in einem Boot bekam.
»Noch ist keiner«, sagte ich.
Bevor er etwas anderes sagen konnte, ging ich hinein. Setzte mich ans Feuer und lauschte ihm, als er den Eimer von einer Seite des Hofs auf die andere trug, die Fische mit dem Messer von seinem Boot putzte, halblaut sang. Ich schloss die Augen und sah seine Augen auf mich gerichtet, hell wie klares Wasser.

Im Bett bildete ich mir ein, ich könnte Edward und Joan durch die Wand schreiben hören. Ich schloss die Augen und spürte Llinos' Hitze neben mir, ihren sich hebenden und senkenden Brustkorb. Im Nebenzimmer tapste Elis über den Fußboden. Ich malte mir den Klang ihrer Stifte auf Papier aus, das Nachfahren ihrer Wörter, meiner Wörter, von mir übersetzt, bis diese Vorstellungen sich mit den Geräuschen der Möwen in ihrem Nachtflug über das Dach mischten, dem Klatschen ihrer Füße beim Landen.

Unterschiedliche Farben auf der Meeresoberfläche bedeuteten unterschiedliche Dinge. Schwarz – ein Sturm kam auf. Farbe von Scheiße – ein guter Tag für Boote.

Es gab ein Jahr, in dem das Wasser sich einen Kilometer um die Insel herum in Eis verwandelt hatte. Ein schrecklicher Winter. In der Kirche sah Reverend Jeremiah uns ausdruckslos an, als wollte er nicht darüber nachdenken, was das bedeutete. Die meisten von Merionns Schafen wurden zum Essen geschlachtet, und der Rest erfror. Die Schafe, die er jetzt hatte, stammten von den drei ab, die überlebt hatten.

Während eines Sturms trieben damals Bäume zu Hunderten an, und die Männer bauten Särge für sich, ihre Frauen und Kinder. Als der Frühling kam, war es wie ein Wunder, sie drehten die Särge um und verwendeten sie als Boote und um Fisch ans Ufer zu bringen.

Wenn eine Qualle angeschwemmt wurde, hütete jemand ein Geheimnis.

Wenn das Wasser mit Sturmvögeln bedeckt war, brachte der Morgen Frost.

Ich holte ein paar Fischer, um die Lieder vorzutragen, die sie auf den Booten sangen. Ich bot ihnen etwas von dem Geld, das Joan mir gegeben hatte, ein paar Pennys und Zigaretten, und brachte sie vom Strand zur Kirche hinauf, wo Joan und Edward warteten.

Als sie zu singen begannen, hallten ihre Stimmen zum Dach hinauf. Neben den Männern wirkte Edward sehr groß und sehr blass, mit einem weiß-roten Mund wie dem eines Kätzchens.

Edward bat mich, den Text des Liedes zu übersetzen, während er zuhörte. Er schrieb die Noten der Melodie auf. So hatte ich Musik noch nie aufgezeichnet gesehen. Ich kannte das Lied auswendig und hatte es schnell aufgeschrieben. Ich beobachtete Edward. Er musterte die Männer konzentriert.

Der Altar war rudimentär mit einem alten Umhängetuch bedeckt, und an der Wand dahinter war ein Gemälde von hässlichen Heiligen und Fischerbooten. Als Kind hatte ich ein Stückchen davon übermalt, zu mehreren hatten wir die Aufgabe bekommen, die stumpf gewordenen Farben aufzuhellen. Reverend Jeremiah hatte uns Mädchen wegen unserer ruhigen Hand und ordentlichen Schrift ausgesucht. Ich erinnere mich, ein Pferd mit Dunkelrot übermalt zu haben. Es hatte ein wildes, grobes Gesicht.

Ich fragte den Pfarrer, ob ich wirklich jedes Haar seiner langen roten Mähne nachmalen musste, und der Pfarrer sagte, warum denn nicht? Der Pfarrer glaubte, wir verdankten den Leuten, die zuerst auf die Wand gemalt hatten, viel. Rosslyn war neben mir und malte kleinere Dinge nach: Fische, Eidechsen, Vögel. Hinterher hatten wir die verschiedenen Gestalten betrachtet und mit den Fingern darübergestrichen. Menschen, die tanzten und einander an den Händen hielten. Ein gelber Mond. Ein Mann mit einer Maske, die einem uns unbekannten Vogel ähnelte, mit einem langen und gebogenen Schnabel.

Das Lied handelte von einem Schiffbruch, einem untergegangenen Fischerboot.

Als die Männer fertig waren, fragte Edward mich nach den Seehunden, die in dem Lied vorkamen. Sie seien doch eine Metapher, oder nicht, für die toten Seeleute, die in der letzten Strophe am Strand angespült würden? Und ich erwiderte, nein, das seien zwei verschiedene Dinge.

Es war ein *hâf bach*, ein kleiner Sommer, bei dem die Sonne sich gegen Herbstmitte ein paar Tage lang breitmachte. Seehunde brachten ihren Nachwuchs ans Ufer. Die Jungen waren weiß und flauschig, und ich ging mit Llinos hinunter, um sie ihr zu zeigen. Da war ein Bulle, dick wie eine beinlose Kuh. Er war weit genug weg, dass er uns nicht einholen konnte, falls er angriff. Wir spielten ein Klatschspiel, bis eines der Seehundjungen sich an uns anpirschte. Llinos sprach zärtlich mit ihm und tätschelte ihm den Kopf. Aus unerfindlichen Gründen hatte es keine Angst. Hinter uns nuckelte ein anderes an einem Stein. Wir liefen durch die Dünen nach Hause, Llinos hob Sand und Sauergras auf. Sie hielt mir ein Büschel hin und fragte, ob ich fand, dass es wie ein Pferdemaul roch.

Die Frau nahm den Seehundwelpen bei sich auf und zog ihn auf wie ihr eigenes Kind. Das ist das Ende der Geschichte, die meine Großmutter mir erzählt hat, den Rest weiß ich aber nicht mehr. Nur das Ende. An einzelne Teile erinnere ich mich noch – die Frau hatte einen Sohn, und der Sohn ist ertrunken. Genau. Und der Sohn kam als Seehund zurück, warum auch immer. Und die Frau nahm ihn auf und stillte ihn an ihrer Brust. Das weiß ich noch. Ich wollte ein Seehundwelpe sein. Und bei meiner Mutter bleiben.

SJCEG Transkript 20. Erhoben am 12.10.38 von D. Evans (Bootsbauer, geb. 1900), wohnhaft Atty Draw (Doppelhaus, Name bed. »Da drüben«).

Kälte legte sich über uns, hinterließ eine dünne Reifschicht auf dem Boden. Der Walkadaver schien auszutrocknen, die Mundwinkel fransten aus.

Edwards Ausrüstung traf ein, und ich holte sie am Ufer ab. Ich musste mir eine Schubkarre von Leah ausleihen. Zwei Männer trugen einen großen Koffer durch das flache Wasser, eine schmale Holzkiste und eine Rolle Draht. Sie stellten alles vor mir ab. Ich bezahlte sie und wartete, bis sie das Geld gezählt hatten.

»Wohnen Sie hier?«, fragte einer von ihnen. »Ich habe viel von dieser Insel gehört.« Ich musterte ihn eingehender. Er war dünn, hager, mit dunklen Zähnen und ein paar knallroten Pickeln auf der Nase.

»Ach ja?«, sagte ich.

»Warum ziehen Sie nicht aufs Festland? Sie könnten da arbeiten. Wärmer als hier und schönere Häuser. Sie könnten sich auch einen netten Mann suchen.«

Ich zog mir das Tuch fester um die Schultern und betrachtete die Seehunde am Ende des Strands, ihre Steinleiber. Die Männer stiegen wieder in ihr Boot und fuhren weg, und die Wellen drückten eine Seite des Bootes höher und höher. Die Seehunde folgten ihnen und verschwanden unter Wasser.

Edward stellte den großen Koffer auf den Tisch und klappte ihn auf. Darin befand sich ein Aufnahmegerät. Er winkte mich zu sich.

»Das ist ein Phonograph«, erklärte er aufgeregt. »Aber – nur Schallplatten. Keine Zylinder, die gehen leicht kaputt. Bessere Tonqualität. Weltklasse. Einfacher zu transportieren. Sehen Sie? Professor John, mein Kollege, hat ihn mir empfohlen, hat dem Schatzmeister das Geld dafür aus den Rippen geleiert.«

»Wir haben kein Wort dafür.«

»Natürlich nicht. Warum solltet ihr?«

Ich öffnete die schmale Kiste und fand darin lauter dünne schwarze Scheiben. Ich strich mit dem Finger darüber. Edward zog mir die Kiste weg und klappte sie zu.

»Die Ausrüstung müssen wir pfleglich behandeln.«

Er packte ein kleines rundes Mikrofon aus und stellte es auf den Tisch. Als ich es in die Hand nahm, knallte das Kabel gegen die Platte. Ich entschuldigte mich halblaut und stellte es wieder zurück.

Ich sah Edward genau zu. Seine Hände bewegten sich schnell, aber behutsam. Er nahm eine der schwarzen Platten heraus, hielt sie sich dicht vor das Gesicht und inspizierte sie von beiden Seiten. Dann legte er sie auf den Apparat und senkte einen kleinen Arm auf die Scheibe ab.

»Sollen wir es mal ausprobieren?«, fragte er mich.
»Ist gut.«
»Möchten Sie etwas singen?«
»Von mir aus.«

Ich sang ein paar Zeilen eines Lieds, das Mum uns früher vorgesungen hatte, es ging um Liebe. Edward schob das Mikrofon näher an mich heran. Er bedeutete mir fortzufahren.

»Sie haben eine sehr schöne Stimme«, sagte er, als ich fertig war. Die Platte drehte sich weiter und gab dabei ein samtiges Rauschen von sich.

»Danke.«

»Ich singe auch«, sagte Edward. »Ich bin über ein Chorstipendium an mein College gekommen. Jede Woche musste ich in der Kirche singen.«

Ich wollte noch mehr fragen, aber Joan trat mit zwei Büchern in der Hand ein und legte sie auf den Tisch, ohne uns anzusehen. Edward machte sich wieder an dem Apparat zu schaffen. Er war rot geworden.

»Mit dem Gerät hier müssen Sie nicht bei allen Interviews dabei sein«, sagte Edward. »Sie können uns einfach hinterher bei der Übersetzung helfen.«

»Genau!«, stimmte Joan zu. »Außerdem, Manod, wollte ich fragen, ob Sie mich auf der Insel herumführen könnten. Mir ein paar Sachen zeigen.«

Ich nickte und sagte leise das Wort »Mikrofon« vor mich hin, bis es nicht mehr wie ein Wort klang.

Als Joan und ich das Haus verließen, sah ich Olwen. Sie war ein Jahr älter als ich und frisch verheiratet. Der Bauch hoch und straff unter ihrem Kleid. Ich lächelte sie an, und sie lächelte zurück. Ich sah ihr nach, den rosa Knöcheln unter ihrem Rock. Am Ende des Pfades traf sie auf ihren Ehemann, und er ging voraus, ohne sich zu ihr umzudrehen. Ich hatte Mädchen erlebt, die mit sechzehn heirateten, mit zwanzig mehrere Kinder hatten, mit fünfundzwanzig vom Meer verwitwet wurden, ausgelaugt und verloren.

Wenn mein Geliebter heut' Abend kommt, heut'
Abend kommt, heut' Abend kommt,
wenn mein Geliebter heut' Abend kommt und an die graue Fensterscheibe tippt,
sag ihm höflich, höflich, höflich,
sag ihm höflich – nicht schroff,
dass das Mädchen nicht da ist, nicht da ist, nicht da ist,
dass das Mädchen nicht da ist und auch nicht sein will;
ein junger Mann aus einer and'ren Pfarrei, and'ren Pfarrei, and'ren Pfarrei,
ein junger Mann aus einer and'ren Pfarrei nahm es mit.

SJCEG Schallplatte 1 A. Erhoben am 24.10.38 von M. Llan (geb. 1920), wohnhaft Y Bwthyn Rhosyn (Rose Cottage). Volkslied.

Mein Pfarrer-Gastgeber zeigt mir die Inselbücher. Er führt sie selbst, immer an Weihnachten. Er sagt, es seien nicht alle erfasst, da jedes Jahr ein paar nicht vom Meer zurückkommen.

Die Inselbevölkerung nimmt seit der Jahrhundertwende stetig ab. Viele ziehen auf der Suche nach einem beständigeren Einkommen aufs Festland, vor allem die jüngeren Generationen. Die meisten der übrigen jungen Menschen sind junge Frauen, die auf eine Ehe warten, dazu eine Handvoll junger Männer, die das Fischerhandwerk ihrer Väter übernehmen. Ich frage meinen Gastgeber, wie sehr ihn das besorgt, und er antwortet, sehr. Er versuche, in seinen Predigten die Tugenden der eigenen Scholle zu vermitteln, damit die jungen Frauen im Haus blieben und die jungen Männer auf der Insel. Aber es sei schwer, wenn das Wetter so rau und der Lebensunterhalt so schwer zu verdienen sei. Man könne ihnen nicht verdenken, dass sie es hinter sich lassen wollten.

An jenem Abend kehrte ein Boot zurück. Ein Heringsboot. Ein Mann von der Insel, der Rest der Mannschaft andere Fischer, die am nächsten Morgen weiterfahren sollten. Sie übernachteten im Leuchtturm. Tad wollte unbedingt vorbeigehen, falls sie Whiskey dabeihatten oder Zeitungen.

Einer der Männer baute sich vor mir auf. Ich erkannte ihn nicht, und er sagte, er komme aus Dänemark. Auf seiner Zunge lag ein dünner weißer Schaum. Er erzählte mir die Geschichte von einem Mann, der auf dem Meer gestorben war, auf dem Boot, mit dem sie gekommen waren. Sie hatten Karten gespielt, und unter den Spielern war der fragliche junge Mann gewesen. Eines Abends hatte er wortlos seine Karten hingelegt, war übers Deck gerannt und hatte sich ins Meer gestürzt. Bis das Boot hatte anhalten und wenden können, war er verschwunden gewesen. Offenbar wollte der Fischer keine Reaktion auf die Geschichte, wollte sie nur erzählen. Ich entschuldigte mich und drückte mich an ihm vorbei.

Am anderen Ende des Raums saß Llinos auf Tads Schoß. Tad hatte den Arm um sie geschlungen und ein Glas in der Hand. Sie schlief, hüpfte auf und ab, während Tad mit dem Mann neben sich sprach. Sie teilten sich eine Zeitung. *5000 britische Soldaten ins Sudetenland entsandt,* lautete die Schlagzeile. Ein Foto von Neville Chamberlain, mit ausgebreiteten Armen. Drei Wochen alt.

Der Mann aus Dänemark sprach weiter dicht neben meinem Gesicht, und er stank aus dem Mund wie ein Hund. Ich holte Llinos, damit ich nach Hause gehen konnte. Sie murmelte, als ich sie von Tads Schoß zog, und schmiegte sich an mich. Sie sagte etwas im Halbschlaf, etwas über Marmelade. Ich sagte zu ihr, erzähl es mir morgen.

Bald nachdem der Wal tot war, traten Teile seiner Eingeweide auf den Sand aus, Darmschlingen und Fett, blau und zartlila, beinahe hübsch. Blut breitete sich an der Wasserkante aus, pfirsichfarben. Die Vögel hackten weiter Stücke aus seinem Rücken. Die Flut trug den Wal in tieferes Wasser, wo Fische sich an ihn hefteten wie Rüschen, und die Ebbe brachte ihn zurück, ein Polster aus Insekten unter dem Kinn.

Der Wind hatte den Dunst vom Meer zur Steilküste hinaufgeweht. Die Luft war feucht, Morgenlicht. Gerippe alter Häuser. Wasser und Marschland, so weit das Auge reichte. Farne, deren Wedel langsam zerfielen. Joan hatte die Steilküste sehen wollen und schrieb alles auf, was ich ihr erzählte.

Wir kamen an einem alten Reifen vorbei, der vor sich hin moderte. Ich machte Joan darauf aufmerksam, erklärte, dass wir ständig angespülte Überreste des Weltkriegs fanden. Uniformen, Helme. Splitter von Seeminen. Einmal eine noch scharfe Granate. Llinos und ich hatten uns im Haus versteckt, während die Erwachsenen am Ufer warteten, bis Soldaten eintrafen.

Joan redete mehr, als sie sich umsah, und sie schrieb vieles in einer schnörkeligen Schrift auf, die ich nicht entziffern konnte. Sie erzählte mir vom Landhaus ihres Vaters und den Brieftauben, die er dort gezüchtet hatte. Sie sprach mit großer Zärtlichkeit von ihnen, ihren silbern und hellbraun getüpfelten Federn und ihrer schneeweißen, pluderigen Brust. Da ich noch nie eine Brieftaube gesehen hatte, lauschte ich ihrer Beschreibung gespannt. Joan sagte, sie seien so groß wie junge Kätzchen. Ich fand es zauberhaft. Ich fragte mich, was sie mit der Vogelscheiße machten, behielt das aber für mich.

»Selbstverständlich sind Tauben unglaublich schlaue Tiere.«

Ich erkannte einige der Wörter, die sie aufschrieb: Steilküste, Möwe, Ei.

»Während des Kriegs haben sie Nachrichten überbracht. Wussten ganz genau, wohin sie fliegen mussten.«

Ich erwiderte nichts. Ich musste Joan über das Gelände führen, die löchrigen Kaninchenbauten, Grasnelken und Stellen blanker Erde. Die meisten Eier waren bereits aufgesammelt worden. Ich ging in die Hocke und zeigte ihr, wo das Gras zu Nestern gezupft worden war, von Nattern zurückgelassene Schalenstückchen, Stiefelabdrücke der Leute, die vor uns hier gewesen waren.

Als ich aufstand, war Joan in Gedanken verloren.

»Ich liebe das Meer.« Sie deutete mit dem Kopf in die Richtung, wo es sich über die Küste erhob. »Es ist romantisch, finden Sie nicht?«

Fand ich nicht.

»Das Weiße da sind Boote.« Ich deutete auf die Punkte in der Ferne. »Eines davon wird das von Tad sein. Hummer einholen.«

»Ihr Vater ist Hummerfischer?«

Ich nickte. Joan wirkte entzückt.

»Wir müssen mit ihm reden. Gibt es viele Hummerfischer auf der Insel?«

»Drei. Meinen Vater und zwei andere.«

Eine Weile lang beobachteten wir die Boote, die langsam durch das Wasser gerudert wurden. Ich spürte den Saum von Joans Jacke meinen Arm berühren. Wenn Tad zurückkehrte, stank er nach Salz, nach Fischblut, aber jetzt wirkten die Boote winzig und zart auf dem riesigen Meer, wie Zuckerkörnchen auf einer Tischdecke.

»Es gibt nicht viele junge Leute«, sagte Joan nachdenklich. »Wie Sie.«

»Sie sind …«

Mein Knöchel verdrehte sich und knickte um, und ich schrie auf. Ich hatte nicht aufgepasst und war in einen Kaninchenbau getreten. Der Schmerz war klar und stechend, und als Joan mir aufhalf, fühlte sich mein Knöchel warm an, als wäre eine Hand darum geschlungen, die langsam fester zudrückte.

Wir brauchten lange zurück zum Strand hinunter. Ich konnte nicht gut auftreten, und Joan versuchte, mich zu tragen, war aber nicht stark genug. Es war mir peinlich, und ich versuchte, sie abzulenken. Ich zeigte auf das Festland, die blasse Ansammlung von Dächern. Die rosa Blümchen im Gras, die immer bis zum ersten Frost blieben. Joan blieb stehen und machte sich schweigend Notizen. Ich erzählte ihr, dass ich nach einer Küstenpflanze benannt war. Das war gelogen, aber ich war nervös und wollte sie beeindrucken.

»Sind Sie verheiratet?«, fragte ich sie schließlich.

»Aber nein.« Sie lachte. »Dazu bin ich zu beschäftigt.«

»Womit beschäftigt?«

»Schreiben, Lesen, Reden, Essen, Schlafen.«

»Ich wusste nicht, dass das geht.«

»Dass was geht?«

»Einfach … nicht heiraten.«

Sie nickte desinteressiert. Wieder blieben wir stehen, während sie etwas aufschrieb. Ich schielte nach dem Buch.

Schmaler, gewundener Pfad über die Steilküste, stand da. *Sehr kalt am Strand. M scheint daran gewöhnt.*

»Wie werden Sie das Buch nennen?«, fragte ich.

Sie lächelte. »Ich dachte, so was im Stil von ›Aufzeichnungen aus dem Grenzland‹.«

»Das gefällt mir.«

»Edward wollte etwas Intellektuelleres, wie ›Aufzeichnungen über eine verschwindende Klasse‹.«

»Sind wir dabei zu verschwinden?«

Joan bückte sich, um ein paar Blumen und Stängel zu pflücken, und klemmte sie in ihrem Buch ein. Ich nannte ihr die Namen: Leimkraut, Ruchgras. Sie klopfte sich ab. Da war kein Dreck.

»Tja.« Sie räusperte sich. »Die Insel hat ja schon einige Leute verloren. Um die Jahrhundertwende?«

»Hat Jeremiah Ihnen das erzählt?«

Sie nickte.

»Es kamen viele vom Festland her und haben die Häuser aufgekauft«, sagte ich. »Das war alles vor meiner Geburt. Aber Tad hat es mir erzählt. Die Häuser waren billig.«

»Aber sind diese Leute geblieben?«

»Zu isoliert und zu kalt offenbar. Sie sind zurückgegangen. Die Inselbewohner kamen auf die Idee, dass sie auch wegsollten. Ich kann es ihnen nicht verdenken.«

»Möchten Sie gern weg?«

Eine Möwe näherte sich meinem Fuß, und ich trat nach ihr und spürte ein schmerzhaftes Stechen. Sie wich zurück, den Schnabel zur Verteidigung aufgerissen.

»Ich kann Llinos nicht im Stich lassen.«

Der Wind frischte auf, blies uns Sand über die Schuhe.

»Das deute ich mal als Ja«, sagte Joan, bevor sie weiterlief.

Ich blieb noch kurz stehen. Ich malte mir aus, dass der Boden mich verschlang.

―――

Auf dem Rückweg begegneten wir einer Gruppe von Frauen, die Muscheln sammelten, bevor die Flut kam. Frauen von Fischern, die Kisten mit Fisch auf Karren luden. Immer wieder zog Joan ihre Handschuhe aus, um über die Fische zu streichen. Die Frauen riefen einander Kommandos zu.

Es machte ein klapperndes Geräusch, wenn die Muscheln in die Eimer fielen. Joan hielt an und beobachtete die Frauen fasziniert. Eine kam zu uns, eine alte Frau mit einem lila Umhängetuch. Sie nahm meine Hände und drückte sie, und ich zog sie schroff weg.

»Es ist wirklich fantastisch«, sagte Joan. »Wie ihr lebt.«

Ich betrachtete das Meer hinter uns, wie es sich rau bewegte, wandelte. Am Ufer lag ein Boot mit einem kleinen Jungen darin. Ich erkannte ihn als den Sohn von Tads Freund. Der Onkel des Jungen war im Meer ertrunken, und seitdem hatte er schreckliche Angst vor Wasser. Jeden Morgen und Abend nahm sein Vater ihn im Boot mit hinaus, damit das Kind keine Angst mehr hatte und später einmal Fischer werden konnte. Der Junge nestelte an etwas auf seinem Schoß, etwas, das niemand sonst sehen konnte.

Zu Hause saß Tad am Kamin und nickte weg. Er schrak auf, als ich die Tür öffnete. Fragte mich, ob es draußen dunkel sei. Wird es langsam, antwortete ich.

»Die sollten dich früher gehen lassen«, sagte er und schloss die Augen wieder.

Ich sah in den Hummereimer an der Tür, in dem sich an diesem Tag nur drei befanden. Nicht genug zum Essen, nicht genug zum Verkaufen. Ich wusste, dass Tad mein Lernen nicht guthieß. Das hatte er mir gesagt und mich noch einmal auf Marc und sein Interesse an mir angesprochen. Aber was ich nicht sagen konnte, war, dass Llinos und ich nicht auf ihn bauen konnten, nicht mehr. Ich band mir einen Streifen Musselin um den Knöchel, legte ihn hoch. Am Morgen war der Schmerz fast weg.

Es wurde oft von einer Evakuierung der Insel geredet. Manchmal kamen Gemeinderäte vom Festland, stellten uns an der Haustür Fragen. Wussten wir, was man auf dem Festland verdiente? Brauchten wir Hilfe, um uns dort Arbeit zu suchen? Hatte das Wetter sich verändert? Ihre Sprache kannten wir bereits: vom Wetter, vom steigenden Wasserspiegel, von unnötigen Entbehrungen. Wir hörten andere Geschichten, anderswo: von Familien, in einen einzelnen Raum in einem Reihenhaus gequetscht, von Luftverschmutzung, Einberufung.

In anderen Dörfern war es passiert. Ein Klopfen an der Tür. Die Dörfer wichen neuen Zechen, Grundbesitzer verpachteten Felder an Bauern zurück, Badeorte. Ein Dorf nicht weit von uns auf dem Festland war zu einem Golfplatz geworden. Manchmal sah ich ihn, von ganz oben auf der Steilküste, an einem klaren Tag. Die grünen Bahnen und die roten Fähnchen. Manchmal konnte ich sogar Frauen in gelben Twinsets und Männer mit seltsamen Hüten erkennen. Natürlich konnte ich nie hören, was sie sagten.

Ich wusste, wohin ich gehen würde, falls es einen Evakuierungsbefehl gäbe. Ich kannte die Leute auf der Insel, die Verwandte auf dem Festland hatten, in den Städten, in England, in Irland, in Amerika. Ich kannte auch die Leute, die zurückbleiben mussten.

Im Kopf hatte ich es geplant. Ich träumte immer wieder davon. Tad würde nach Llandudno zu seinem Onkel, dem Metzger, ziehen. Ich würde mit Llinos auf den Hügel gehen, auf dem Pfad, der sich am Meer entlangwand. Im Sommer sah das Wasser aus wie ein gebohnerter Fußboden, als könnte man darauf schlittern. Auf der Erde waren die Fußabdrücke von Rindern und Schafen sichtbar. Am westlichsten Punkt der Insel gab es einen sehr hohen, steil abfallenden Hügel, wo eigentlich niemand hinging, weil die Vögel dort ganz dicht zusammen nisteten und der Fels mit einer dicken Schicht Kot und Gott weiß wie vielen Skeletten von Möwen und Mäusen bedeckt war.

Dann würde ich mich Richtung Festland wenden und auf das Boot warten, das uns abholt. Ich würde mir einen Hut unter dem Kinn festbinden. Ich besaß keinen solchen Hut, aber vielleicht dann schon, dachte ich. Auf dem Boot würde mich ein gut aussehender Seemann entdecken und uns an Bord empfangen. Der Seemann würde sich als reich entpuppen. Llinos und ich würden mit ihm über das Meer fahren wie ein riesiger Fisch, der seinen Bauch dem Himmel entgegenreckt.

Die Ungewissheit, ob oder wann man zum Festland kommt, beherrscht das Leben auf der Insel, da die Strecke bei gutem Wetter etwa acht Kilometer beträgt, bei schlechtem über sechzehn.

Die Insulaner wirken sehr stark abgeschnitten vom Festland. Nachrichten treffen fragmentarisch ein. Nur eine Handvoll kannte eine korrekte Chronologie jüngerer Ereignisse. Die meisten Inselbewohner, mit denen wir sprachen, fragten uns, ob wir Zeitungen vom Festland dabeihätten. Viele erkundigten sich nach der Wahrscheinlichkeit eines Kriegs. Eine ältere Frau, deren Mann bei einem U-Boot-Angriff im Weltkrieg umgekommen war, fragte uns, was wir persönlich hinsichtlich Adolf Hitler zu tun vorhatten.

Am Ende der Schulwoche spielen die Kinder am Strand, bis es zu kalt wird und ihre Mütter sie nach Hause rufen. Eine große Vielfalt von amüsanten Spielen, manche mit körperlicher Bewegung und andere im Sitzen, dazwischen Abzählreime und Lieder.

Abgesehen von universellen Spielen wie Fußball, Himmel und Hölle, Bockspringen und Murmeln beobachten wir: Alle Vögel am Himmel und alle Fische im Meer, Schnapstor, Blinder Kobold, Katz und Maus, Krabbenkönig, Fünf Steine, Ostwind Westwind, Honigtopf, Verstecken und Finden, Elsternfänger, Kaninchenpastete, Seehundjäger, Drei lustige Metzger und Stopfnadeln.

In den meisten Spielen geht es um Tiere, Nachlaufen und Krabben aus Gezeitentümpeln holen. Wenn es Abend wird und die Schafe zum Strand kommen, um Tang zu fressen, werden die Spiele abgeändert und beziehen die Schafe als Schutzschild, Hindernis oder unfreiwillige Zuhörer mit ein. Zu diesen Zeiten machen die Schafe besonders viel Lärm. Es ist erstaunlich, wie ähnlich sie den Kindern klingen.

Willst du jemals von der Insel wegziehen?,
fragte ich Llinos, als wir nebeneinander im
Bett lagen.

> *Ydych chi erioed eisiau gadael yr ynys?*

Nein, sagte Llinos, ohne die Augen aufzumachen.

> *Na dwi ddim.*

Ich könnte dir mehr Englisch beibringen.

> *Fe allwn i ddysgu mwy o Saesneg i chi.*

Hier brauche ich kein Englisch.

> *Dwi ddim angen saesneg yma.*

Ich zog einen Strohhalm aus ihrem Kissen.
Joan sagt, die Insel ist charmant.

> *Dywed Joan fod yr ynys yn swynol.*

Was meint sie damit?

> *Beth mae hynny'n ei olygu?*

Ich zog noch einen Strohhalm heraus.
Das weiß ich nicht. Ich glaube, was Gutes.

> *Dydw i ddim yn gwybod. Rwy'n meddwl ei*
> *fod yn beth da.*

Am nächsten Tag gab Joan mir ein Stück Papier, als ich bei der Kirche ankam. Ich faltete es auseinander, und mitten auf dem Blatt war ein Bild, das sie von einer Brieftaube gemalt hatte. Sie war vollkommen anders, als ich sie mir vorgestellt hatte. Der Unterschied brachte mich fast zum Weinen.

Mam sagte immer, sie habe am Tag von Llinos' Geburt einen Geist gesehen. Es war Winter gewesen, der Boden steinhart gefroren, Nebel wie ein Segel in der Luft hängend. Sie hatte im Haus Teig geknetet. Sie habe gespürt, dass ihr Bauch sich verkrampfe, erzählte Mam, und sich vornübergekrümmt, die Stirn auf den Steinfußboden gelegt. Wie viel Zeit vergangen war, wusste sie nicht mehr, aber als sie sich wieder aufrichtete, war ihr Rock nass, und sie hatte Fieber. Sie ging ans Fenster, um die Stirn an der Scheibe abzukühlen. Das Fenster überblickte einen Trampelpfad zum Strand hinunter, von dem sie ein Stückchen sehen konnte. Dort war der Strand nicht sandig, nicht wie in den anderen Buchten der Insel, sondern mit dunklen, vom Tang glitschigen Felsbrocken übersät.

Vor Mams Augen öffnete sich einer der Felsbrocken, und etwas kam heraus, etwas Längliches, gelb wie das Innere eines Eis. Es nahm die Gestalt eines Mädchens an.

Eine Weile nach Llinos' Geburt wurde Mam dünner, weniger. Sie wagte sich nicht mehr weiter als bis in den Hof, außer an Sonntagen zur Kirche, wo sie keuchend auf der Bank schwankte. An den meisten Tagen blieb sie im Bett, schlafend oder mit kalten und offenen Augen daliegend.

Manchmal kam sie in die Küche, stand schweigend ein paar Minuten neben uns, kehrte dann ins Bett zurück.

Wir brachten sie zum Arzt aufs Festland, einmal, als Llinos ein Jahr alt war und ich sieben. Das Wasser war dunkel und aufgewühlt. Tad ruderte, und ich saß hinter ihm, den Kopf verdreht, um die rot-weißen Häuser des Festlands auftauchen sehen zu können. Ich bemerkte nichts unter dem Wasser, obwohl Llinos aufgeregt war, als hätte sie einen Aal an der Seite des Boots knabbern sehen.

Mam blieb eine Stunde lang in der Arztpraxis. Tad wartete draußen mit uns. Die Leute starrten mich an. Ein Mann sagte zu mir, ich sähe aus wie Königin Victoria. Eine Frau auf dem Stuhl neben uns bot Llinos und mir jeweils eine grüne Traube an, und Tad bedankte sich für uns, versteckte sie aber in seiner Jackentasche, weil er nicht genau wusste, was es war. Dann kam Mam aus dem Behandlungszimmer, mit einem Döschen runder rosa Tabletten.

Tad hatte einen Tag Fischen versäumt, um Mam aufs Festland zu bringen, und deshalb aßen wir abends aus Dosen: süßes Obst, trockenes Corned Beef, altbackenes Brot. Hinterher legte Mam Messer und Gabel rechts und links neben ihren Teller und sagte, sie habe, als sie die Tabletten erhalten habe, eine Vision gehabt. Der Engel Gabriel sei ihr erschienen und habe ihren Rücken mit seinem Schwert geöffnet, zwei Flügel herausgeholt. *Ac felly yr wyf yn gadwedig. Rwy'n gadwedig.*

Und so bin ich gerettet, sagte sie. Ich bin gerettet.

November

Eine Zeit lang betrauerten wir den Wal, die frühen Anzeichen von Verwesung. Jemand brachte Blumen, legte ihm seinen Mantel über den Rücken. Der Mantel sah drollig klein aus, wie eine Puppenschürze. Eine dunkle Wolke von Möwen hing über dem Strand. Wenn sie auf die Häuser zuflogen, waren sie dickbäuchig und selbstgefällig, kreischten wie Kinder. Nachts das Geräusch von Füchsen, außerhalb ihrer Bauten im Hügel. Llinos sah eines Abends einen im Fenster, der Körper beinahe weiß vor dem Gebüsch. Der Wal war inzwischen voller Dellen, und zwei Rippen traten allmählich hervor.

Tad holte mir zum Schutz Gummihandschuhe, als ich die Hummer sortierte, die er gefangen hatte. Es war der letzte Fang vor dem Winter. Das Lampenlicht wurde dunkler und dunkler, bis es nur noch als winzige orange Flamme glomm.

»Brauchen Paraffin«, sagte Tad.

»Ich höre mich um«, sagte ich.

Die Finger der Handschuhe waren fest verklebt von etwas, das langsam im Laufe der Zeit getrocknet war.

Ich wog jeden Hummer und notierte das Gewicht, und Tad nannte mir einen Preis, den ich danebenschreiben sollte. Er saß neben mir und nahm Dornhaie aus, die er seit Kurzem zusätzlich zu den Hummern fischte. Darüber sprachen wir nicht. Joan sagte, Dornhaihaut werde zum Abschmirgeln von Geigen verwendet. Das Fleisch war zäh und unangenehm zu essen. Llinos saß neben uns und beobachtete Tad aufmerksam, nahm ab und zu ein Stückchen Knorpel aus dem Eimer und hielt es gegen das trübe Licht.

»Macht dir deine Arbeit Spaß?«, fragte er mich, ohne aufzublicken.

Er zog sich einen weiteren Eimer vor die Füße, holte einen Dornhai heraus und versetzte ihm einen Schlag auf den zappelnden Kopf. Rosa Flüssigkeit rann ihm über das

Hosenbein. Er stieß das Messer in den Fisch, holte das Herz heraus und warf es Elis zu. Mir wurde bewusst, dass er noch nie vorher Dornhaie ausgenommen hatte und trotzdem wusste, wie es ging. Ich sah ihm zu.

»Macht dir deine Spaß?«

»Warum fragst du mich das?«

»Nur aus Neugier. Du hast ein Händchen für Dornhaie.«

Jetzt wandte er sich mir zu.

»Auf dem Rückweg vom Festland habe ich eine Schlägerei gesehen. Unten am Kai stand eine Menschenmenge um zwei Männer herum, die sich geprügelt haben. Alte Männer, so wie ich ungefähr. Einer hat früher auf dem Markt verkauft, den habe ich erkannt. Der Mann neben mir hat Wetten angenommen. Hat mich gefragt, ob ich setzen will. Ich muss ihn komisch angesehen haben, denn er war beleidigt. Meinte, das sei ehrliche Arbeit. Ehrliche Arbeit. Das ist doch kein gutes Zeichen, oder? Heißt, dass sie keinen Fisch zu verkaufen haben. Wenn sie so was machen.«

Der Regen prasselte ans Fenster, wovon wir aufschreckten. Ich warf Elis noch ein paar Abfälle zu, der daraufhin einen Hummereimer umwarf.

»Lass ihn nicht entkommen!«, rief Tad.

Der Hummer saß benommen auf dem Fußboden. Er wedelte träge mit seinen Antennen. Ich hob ihn auf und drehte ihn um, damit er mich nicht kniff.

Der Großteil des Walfetts war mittlerweile von Vögeln und kleinen Fischen gefressen worden. In der noch verbliebenen Haut waren Löcher und große Kratzer. Lange hatten die Kinder so getan, als wäre der Körper ein auf Grund gelaufenes U-Boot, hatten Treibholz als Waffen gegen darin versteckte Fantasiefeinde gesammelt, aber jetzt, wo die dicke schwarze Haut das Skelett nicht mehr vollständig umhüllte, hatte das Spiel seinen Reiz verloren.

Die Kinder brachten Blumen und Gräser und legten sie um den Wal herum. Ein Junge, Cala, sollte als Mutprobe einige auf dem gewaltigen Maul deponieren, aber als er es gerade tun wollte, schrie etwas und erschreckte ihn, sodass die Blumen weiter hinten landeten, auf dem Blasloch. Die meisten Kinder lachten und rannten weg. Llinos blieb, hob die Blumen auf und legte sie dahin, wo sie sein sollten. Im Laufe der Tage wurde der Wal heller, die Haut straffte sich und löste sich ab, als verschwände sie im spätherbstlichen Licht.

Joan trug roten Lippenstift und hatte sich ein leuchtendes Rosa auf die Wangen gemalt. Beim Eintreten zog sie den Kopf ein. Sie sagte, ihr gefalle mein Kleid, ein langes aus Samt mit einer großen Schleife auf dem Po.

»Dreh dich mal um!«, rief sie. »Du siehst aus wie aus einem Dickens-Roman. Oder einem Kinofilm. Eine schöne junge Heldin.«

Ich bedankte mich bei ihr, und hinter ihrem Rücken zog Tad die Augenbrauen hoch und sagte lautlos PARAFFIN. Nur damit hatte ich ihn überreden können, die beiden zum Essen einzuladen.

»Du siehst wirklich hübsch aus, Manod«, sagte Edward und gab mir eine Flasche Whiskey, die sie mitgebracht hatten.

Ich winkte ab. Ich freute mich so, dass Joan mir ein Kompliment gemacht hatte. Ich war es leid, wie sie mich immer sah: die Haare nass und am Kopf klebend, die Haut trocken und fleckig rot, der Rock mit Erde und Sand von unseren Spaziergängen verspritzt.

⁓

Joan geriet ins Schwärmen über den Hummer. Das Fleisch hatte ich mit Haferflocken zu einer Paste zerdrückt, mit Kräutern von der Steilküste gewürzt und als Beilage Kartoffeln gekocht. Ich hatte dafür Leahs Ziegenbutter verwendet, pfundweise eingerührt, ohne es zu merken.

»Wir essen immer Corned Beef und dürre kleine Kartoffeln.«

»Das essen wir ja auch normalerweise«, sagte Tad ausdruckslos.

»Im Winter«, ergänzte ich.

»Aber das ist ein wundervolles Essen. Das beste, das ich je hatte.«

Ich fragte sie, ob sie zu Hause koche, und sie kicherte.

»Nein, nein. Dafür hatten wir immer Personal. Nette Mädchen eigentlich. Kamen immer in andere Umstände.« Sie wandte sich an meinen Vater.

»Sie müssen so stolz auf Manod sein. Sie ist ein sehr aufgewecktes Mädchen.«

»Sie kann wundervoll singen«, sagte Edward.

Tad zeigte auf eine meiner Stickereien, die er an der Wand aufgehängt hatte. Ein Strand, ein Pferd, ein Karren. Eine Frau in ihrer Winterkleidung, einen Hummerkäfig zu den Füßen.

»Wundervoll«, sagte Edward.

Ich zuckte zusammen, und ein Stückchen Hummerschale blieb zwischen meinen Zähnen stecken. Meine Wangen brannten, als alle mich ansahen. Ich wechselte das Thema.

»Joan ist wirklich gern auf der Insel, Tad.«

»O ja«, sagte Joan. »Sie ist ganz wundervoll. Ich liebe die Natur hier. Manod hat mir die Blumen gezeigt. Und ich liebe es, euch alle aufs Meer fahren und zurückkommen zu sehen. So eine wundervolle Art zu leben.«

»Nicht einfach.«

»Nicht einfach«, sagte Joan sanft. »Aber der Mühe wert. Ehrlich. Wahrhaftig, so wie Menschen leben sollten. Im Einklang mit der Natur.«

Edward hustete. Unsere Blicke trafen sich. Ich konnte seine Miene nicht deuten.

»Das habe ich von meinem Vater«, fuhr Joan fort. »Meine Liebe zur Natur. Mein Vater pflanzte auf seinem Land Bäume, nach einem bestimmten System. Für die Vögel. Das Holz hat er an die Armee verkauft, aber er hat immer nachgepflanzt. Ist das nicht ungewöhnlich? Niemand sonst machte das. Er hatte wirklich verstanden, wie notwendig es ist, die Wälder zu erhalten, die englische Landschaft.« Sie zeigte mit dem Messer auf Tads Teller. »Fühlen Sie sich nicht scheußlich, wenn Sie diesen Hummer essen?«

Ich hielt den Atem an. Tad gab keine Antwort. Ich sah zu Joan auf. Sie lächelte mich an. Ihre Schneidezähne waren mit Lippenstift verschmiert, und ich bedeutete ihr, ihn abzuwischen. Sie tupfte sich mit ihrer Serviette die Zähne ab und hinterließ einen roten Fleck.

»Nicht, wenn die Alternative Corned Beef ist, könnte ich mir vorstellen«, sagte Edward lächelnd.

Tad nahm seine Prothese heraus und legte sie neben sich auf den Tisch. Bei den Mahlzeiten bereitete sie ihm tatsächlich Schwierigkeiten. Er hatte sie aus Höflichkeit im Mund behalten, da er ohne sie schwierig zu verstehen war. Ich wusste, dass das bedeutete, er würde nur noch sprechen wenn unbedingt nötig. Joan betrachtete die Prothese konzentriert, als könnte sie sie anspringen. »Ich habe übrigens Freunden von mir von der Insel erzählt. Von dem Wal«, sagte Joan. »Die sammeln Sachen für die Armee. Tran, Blubber. Es wäre doch ein schönes Gefühl, den Kadaver nicht einfach so verkommen zu lassen, oder?«

Niemand antwortete.

»Sollen wir trinken?«, unterbrach Edward die Stille.

Ich goss eine Runde dunkelbraune Getränke ein. Der Alkohol war sauer und brannte mir in der Kehle. Aus unerfindlichen Gründen war ich verärgert. Die Vorstellung, dass der Wal mitgenommen werden sollte. Ich aß das in der Mitte des Tischs stehende Brot, bis mein Bauch sich schwer und fest anfühlte, bis das Licht vor meinen Augen verschwamm und mich schwindlig machte.

———

Als es zu regnen aufhörte, begleitete ich Joan und Edward zurück zu ihrer Unterkunft. Tad sagte noch einmal lautlos PARAFFIN zu mir, während sie sich die Jacken anzogen.

Nachts wirkte die Kirche gespenstisch. Die Fenster spiegelten den grauen Himmel wider. Am Rande des Nachbarfelds schwebten mehrere grüne Scheiben, die Augen von Kühen, die sich dort zusammenscharten. Joan blieb an der Tür stehen, während Edward hineinging, um den Kamin anzuzünden.

»Ich möchte ehrlich sein.« Sie lehnte sich an die Steinmauer.

Sie lallte etwas. Ich betrachtete eine kleine Silberfüllung hinten in ihrem Mund.

»Ich möchte ehrlich sein. Ich sehe viel von mir selbst in dir. Du bist sehr klug, aber eine kluge Frau zu sein, ist … nicht immer einfach.«

Sie legte den Kopf schief und wartete, dass ich etwas erwiderte. Ich war nicht sicher, was sie hören wollte, und mein Blick war leicht unscharf.

»Mein Vater starb, als ich noch Studentin war. Studieren und arbeiten ist nicht das, was man als Frau tut, aber er wollte es für mich. Hat immer die besten Bildungsmöglichkeiten bezahlt. Dann ist er gestorben. Ich habe das Gefühl, dass meine Arbeit ihm zu verdanken ist.«

Eine der Kühe brüllte. Ich glaubte, ihren Atem hervorbrechen zu sehen, ihr beiges Ohr.

»Ich würde für mein Leben gern studieren. Wie du«, sagte ich leise.

»Und ich sage, du kannst. Du musst.«

Unvermittelt hatte ich ein Bild von mir selbst vor Augen, in einem stillen, lichtdurchfluteten Raum. Kleine Gegenstände auf dem Kaminsims. Ein Platz für Llinos.

»Ich weiß, dass deine Mutter ebenfalls gestorben ist«, sagte Joan. »Das hat eine der Frauen mir erzählt.«

Sie ergriff meine Hand. Ihre fühlte sich feucht und kalt an.

»Sie haben gesagt, sie sei ins Wasser gefallen.«

Ich zog meine Hand weg.

»Wir brauchen Paraffin«, sagte ich. »Habt ihr welches übrig?«

Sie verschwand eine Minute lang, kam dann mit einer

runden roten Dose wieder heraus. Sie wollte noch mehr reden, aber ich ging schnell. Als ich außer Sicht war, hatte ich Lust, das Paraffin auszugießen, es über die Felsen fließen zu lassen. Doch ich drückte nur die Dose fest an mich und zählte die Tränen auf meinem Wangenknochen, heiß und lautlos.

Im Morgengrauen wachte ich mit einem trockenen Mund auf. Ich taumelte zum Abort und übergab mich. Als ich wieder ins Haus kam, war Tad kurz davor, zu den Booten zu gehen, den besorgten Elis neben sich. Die Sonne warf orangefarbene Quadrate an die Wand, wovon mir wieder übel wurde. Ich sah mich im Spiegel an, meine verquollenen Augen, die dunklen Halbmonde darunter. Mir fiel wieder ein, dass ich überlegt hatte, Joans Paraffin wegzuwerfen, und ich stöhnte. Vor schlechtem Gewissen zog sich mein Magen zu einem Klumpen zusammen.

An den meisten Tagen forderte Edward mich auf zu singen. Ich kam eine Stunde vor Joan, und Kaffee und Milch warteten auf mich.

Auf seinem Schreibtisch lagen Noten bereit, aber er musste mir immer zuerst vorsingen, weil ich sie nicht lesen konnte. Er sagte vieles über Musik, was ich nicht verstand. Tonarten und Instrumente und Lieder, von denen ich noch nie gehört hatte. Ich sang ihm dann nach, und er zeichnete es auf. Selbst bei Regen ging ich, selbst wenn ich triefend nass eintraf und mit verstopfter Nase singen musste, zitternd. Mir gefiel die nachdenkliche Art, mit der er mich musterte, wie er mit dem Kopf nickte, die Hände auf dem Schoß gefaltet. Manchmal schloss er die Augen, während ich sang und es im ganzen Körper spürte. Ich fühlte mich aus meinem Körper heraustreten, meinem für Landwirtschaft und Fischen und das Gebären der Kinder eines Bauer-Fischers gebauten Körper, und unter der Decke schweben wie eine Feder auf Wasser.

An jenem Tag sang ich, obwohl mein Hals schmerzte und ich die Augen bei dem Sonnenlicht nicht öffnen konnte.

Wenn der Deich von Malltraeth bricht, wird meine Mutter ertrinken;
Ich fürchte es in meinem Herzen, ti-rai, twli wli
ich fürchte in meinem Herzen, dass ich es bin, der leiden wird.
Ich kann mein Hemd weder flicken noch waschen.
Ich fürchte es in meinem Herzen, ti-rai, twli wli ei,
ich fürchte in meinem Herzen, dass bald mein Ende naht.

Edward bedeutete mir aufzuhören.

»Schon gut, schon gut«, sagte er. »Wir sind beide etwas angeschlagen.«

Ich setzte mich an den Tisch, während er die Platte allmählich anhielt und vom Apparat hob. Edward ließ sich Zeitungen vom Festland schicken, die er bei Jeremiah abholte. An den meisten Tagen ließ er sie mich lesen. Sie lagen über den Tisch verstreut, und ich nahm irgendeine in die Hand.

»Deine Stickerei hat mir gefallen«, sagte Edward. »Die an der Wand. Hast du noch mehr davon?«

»Ja.« Ich schob die großen Seiten herum.

»Die würde ich mir gern ansehen.«

»Ist gut.«

Ich wandte mich wieder der Zeitung zu. Ich las von einer Frau, die auf dem Festland verschwunden war. Sie war einen Meter achtzig groß und älter als ich. Ihre Mutter hatte sie als vermisst gemeldet. Es hieß, die Frau habe ihr gesagt, sie wolle das West End von London sehen. Etwas erleben. Ich spürte Edwards Blick auf mir.

»Hast du Angst vor einem Krieg?«, fragte er. Seine Brille spiegelte das Fenster und die Umgebung draußen, lange grüne Flächen über seinen Augen und Brauen. »Den Artikel liest du jetzt schon lange.«

Auf der Seite war ein Text über jüdische Kinder in Deutschland, die nicht mehr in die Schule durften. Ich schämte mich, dass ich so in die London-Frau vertieft gewesen war.

»Weiß ich nicht.« Das war nicht gelogen. »Sollte ich?«

»Wahrscheinlich würde er euch hier nicht betreffen.«

»Im letzten Krieg mussten alle Männer die Insel verlassen, um zu kämpfen. Die Frauen blieben zurück und mussten selbst die Felder bestellen und fischen.«

»Wie auf Lesbos«, sagte er lachend. »Klingt idyllisch.«

»Ich hoffe, bis dahin längst weg zu sein.«

Edward nahm die Brille ab und putzte sie mit dem Ärmel seines Pullis.

»Ich war sieben, als der Krieg ausbrach«, sagte er. »Mein Vater war zu alt zum Kämpfen, aber mein Onkel musste.

Der Zwillingsbruder meiner Mutter. Er kam sehr verändert und mit nur einer halben Nase zurück. Ich weiß gar nicht, warum ich dir das erzähle.«

»Weil wir vom Krieg reden.«

»Ja. Genau.«

»Was hast du im Chor gesungen?«

»Hauptsächlich Kirchenlieder. Das war nur in meinem College. Besonders gern mochte ich ›Awake, Glad Soul‹. Kennst du das?«

Draußen hatte das Licht sich gelb gefärbt. Die Vögel waren verstummt, bemerkte ich. Edward hustete und setzte sich neben mich. Er sang leise, ein Lied über Christus und Frühling. Seine Hand lag neben meiner Hand, ohne sie zu berühren, aber sehr nah. Ich konnte seinen Atem riechen, sein Waschpulver. Ich dachte an seinen Chor im College. Dann an die verschwundene Frau, ihren Wunsch, etwas zu erleben. Edward erzählte mir, dass er in einem Pfarrhaus aufgewachsen war, auf dem Land. Dass sein Vater glaubte, alle Vögel wären heilig. Ich lachte. Hinter uns ging die Tür auf, und Joan kam herein. Edward riss seine Hand weg.

Fischerei auf der Insel dreht sich vorzugsweise, charmanterweise, um den Hummer. An jedem Strand gibt es diverse kleine Bootsschuppen, storws, voll mit Käfigen aller Art, Glas- und Holzschwimmern, grässlich riechenden Handschuhen und Ködereimern.

Eine Frau auf einem Fischerboot dabeizuhaben, sagen die Männer, sei ein Fluch; das Gleiche gelte für einen verirrten Hasen oder eine Leiche. Dennoch kann ich sie überreden, mich einmal in einer wärmeren Nacht bei ruhigem Wasser zum Leeren der Käfige mitzunehmen.

Das Handwerk ist bemerkenswert: Die Fallen sind hinter dem Leuchtturm ausgelegt; ist man also erst einmal auf dem Wasser, ist es stockdunkel. Man hört nur das Schwappen des Wassers und das Räuspern der Männer. Sie finden ihre Schwimmer blind und ziehen sie hoch, wie im Traum. Ihre Bewegungen sind ballettartig, überaus elegant und präzise. Sie stapeln die übel riechenden Käfige ordentlich hinter sich auf.

Ihnen zuzusehen, erinnert mich an meinen Bruder, als er lernte, ein Gewehr mit verbundenen Augen auszuleeren und neu zu laden. Die Kraft und Findigkeit unserer Landsleute, in allen Ecken und Winkeln der britischen Inseln.

Kritzeleien auf dem Wal, die im Verlaufe vieler Tage auftauchten. Die Ritze sanken tief in die Haut ein, die sich nicht selbst heilen konnte, und schimmerten hell.

[Name] war hier

Ein Herz

Drei Penisse

Sechs verschiedene Initialen: H.S. & GC. G., L. E. & F. J., G. B. & E. S.

Eine nicht natürliche Eindellung, der Abdruck eines kleinen Daumens.

Über Nacht, so schien es, kam der Winter, bedeckte die Insel mit dünnem weißem Raureif. Die Wellen überschlugen sich. Wind zerdrückte die Gräser. Die Steilküste war voller Vögel mit ihrem dicken Wintergefieder, mit ihren aufmerksamen schwarzen Augen. Edward brachte Tad Zeitungen. *Gegenwärtig keine neue Krise*, verkündete eine Schlagzeile.

Tad trug mir auf, Llinos an der Hausarbeit zu beteiligen, sie drinnen zu behalten. Llinos tat, als hörte sie meine Anweisungen nicht, und setzte sich auf den Boden, legte Steinchen aus und schöpfte sie dann mit der Hand auf. Ich fische, sagte sie. *Dwi'n psygod*.

Später fand ich die Tür einen Spalt geöffnet und eine Fußspur, die nach draußen führte. Llinos hockte auf einem Fleckchen Kies einen Kilometer vom Cottage entfernt, den Rock vom Wind zur Seite geweht, den Kopf gesenkt. Sie sammelte Muscheln vom Boden auf, putzte sie an ihrem Kragen ab und warf sie in einen Eimer neben sich.

»Schau, Manod«, sagte sie, als ich bei ihr ankam. »Schau, wie nah sie ans Haus kommen.«

An jenem Abend brachte Tad den größten Fang der ganzen Saison nach Hause, einen Schwarm Katzenhaie, die ihm angeblich freiwillig auf den Schoß gesprungen waren. Der Fang war so groß, dass ein anderer Fischer, Dai, ihm tragen helfen musste, und als er über die Schwelle trat, sagte er, *das kleine Mädchen war nicht da. Wenn die da ist, fangen wir gar nichts.*

Joan und ich setzten unsere Spaziergänge fort. Man hatte die Brachvögel wieder gehört, und ich zeigte sie ihr. Ich deutete auf die Stellen in den Felsen, wo wir im Frühling Meeresvogeleier sammeln gingen. Sie trug Lippenstift, ein Orange wie die Unterseite einer Krabbe. Er ließ ihre Zähne gelb wirken und war links verschmiert.

»Dein Lippenstift gefällt mir«, sagte ich auf dem Rückweg zu ihr.

»Oh, danke«, sagte sie, als wäre sie überrascht, dass er noch da war. »Zu Hause trage ich ihn ständig. Hier kommt es mir ein bisschen seltsam vor, aber ... aber ich bin wohl einfach daran gewöhnt.«

»Tragen alle Frauen in England Lippenstift?«

»Ach nein, gar nicht. Viele schon. An der Universität wird es nicht so gern gesehen. Aber in den Städten, beim Tanz machen es alle.«

Wir sahen eine Schar Tölpel vom Felsen ins Wasser fallen. Ich erzählte Joan eine Geschichte aus dem Vorjahr. Der Meeresspiegel hatte sich verändert, ohne dass die Vögel es wahrgenommen hatten. Sie sprangen so schwungvoll hinein, dass die meisten sich das Genick brachen. Monatelang fischten wir sie aus dem Wasser.

»Das muss ins Buch«, sagte sie. Darüber freute ich mich sehr.

Die Wolken am Horizont wurden allmählich dunkelgrau. Die Boote waren im Wasser unterhalb der Steilküste, auf dem Weg ans Ufer.

»Ich glaube, es kommt ein Sturm auf«, sagte ich. »Wir sollten zurückgehen.«

Sie sah aufs Meer hinaus. »Woher willst du das wissen? Das Wasser ist ruhig.«

Hinter uns im Gras hörte ich einen Brachvogel kreisen.

»Manche aus der älteren Generation glauben, dass die Brachvögel rufen, wenn es Sturm gibt. Es ist ein Omen, dass jemand auf dem Meer umkommen wird.«

Joan betrachtete das Gras.

»Wahrscheinlich bringt eine Veränderung im Luftdruck sie dazu zu rufen. Eine Veränderung in ihrem Revier. Meinst du nicht?«

Ich antwortete nicht. So verliefen meine Gespräche mit Joan oft: Ich erzählte ihr etwas, das sie nicht gewusst hatte, und sie widersprach.

―

Als wir bei ihrer Unterkunft ankamen, bat sie mich, kurz draußen zu warten. Ich spürte die ersten Regentropfen um mich herum fallen, sah sie kleine Krater im sandigen Boden bilden. Joan öffnete die Tür einen Spalt und schob etwas in Papier Eingewickeltes hindurch.

»Ich weiß unsere Spaziergänge zu schätzen«, sagte sie.

Ich bedankte mich.

Als Erwiderung winkte sie mich durch den Spalt fort.

Ich packte den Gegenstand im Gehen aus. Ein Lippenstift in einem königsblauen Röhrchen mit goldenen Streifen auf dem Deckel. Als ich nach Hause kam, strich ich ihn mir auf die Lippen. Es war das Krabben-Orange. Ich sah in den Spiegel. Ich gefiel mir damit. Dann drehte ich mich um und malte Llinos etwas davon auf. Ich musste mich abwenden. Sie sah genau wie unsere Mutter aus.

Am Sonntag heulte der Wind durch die Kirche. Sie war erfüllt vom Geruch nasser Wolle. Glänzte vor Wasser, das vom Dach getropft war. Joan stand am Altar und beantwortete Fragen über das Projekt.

»Wir glauben, es steckt große Weisheit in Menschen, die von und mit dem Land leben. In ganz normalen, arbeitenden Leuten. Es sind schwierige Zeiten, wie ihr alle wisst. Ökonomisch schwierig, sozial schwierig. Wir glauben, dass eine Rückbesinnung auf das Land nötig ist, eine Rückbesinnung auf eine gewisse Lebensweise. Das klingt für euch vielleicht seltsam, aber wir wollen wirklich euer Wissen bewahren.«

Joans Gesicht war röter, als ich es je erlebt hatte, die Kälte oder der Druck, vor Leuten reden zu müssen, machten ihr zu schaffen. Edward sah mich an und zog die Augenbrauen hoch. Seine Reaktion brachte mich zum Grinsen. Er stand auf, berührte Joan an der Schulter. Joan schreckte zusammen und setzte sich.

»Wir möchten eure Lieder aufzeichnen, eure Geschichten. Mehr nicht.«

»Ein Gefühl wahren Britentums erhalten«, fügte Joan hinzu. Sie gestikulierte wild. »Die Insel. Die Insel!«

Ich hörte eine Stimme in der Bankreihe hinter mir. Marc, ein Heringsfischer, lehnte sich zu meinem Vater vor.

»Ist das der Engländer? Ist er das?«, fragte er. »Hör mal, an dem Tag hab' ich doch tatsächlich ein *toili* vom Hügel runterkommen sehen.«

»Hab' ich wirklich«, fuhr Marc fort. »Da oben. Ich bin schnell zur Seite, um ihn vorbeizulassen, aber natürlich ist er gar nicht um die Kurve gekommen.«

»Wir haben kein *toili* auf der Insel«, erwiderte Tad mit nur halb gedrehtem Kopf. »Das sind die auf dem Festland. Festland-Aberglaube.«

»Ich erzähl' dir ja nur, was ich gesehen hab'. Alle schwarz angezogen. Grau, keine Gesichtszüge. Keine Füße, die Beine so über dem Boden. Oben auf dem Hügel. Plötzlich weiße Blumen im Gras.«

Die Frau vor uns schüttelte den Kopf, als wollte sie eine Fliege aus dem Ohr verscheuchen.

»Möchtet ihr noch was ergänzen?«

Reverend Jeremiah sah zu uns hinüber. Ich spürte meine Wangen rot werden. Tad erhob sich etwas.

»Machen Sie bitte weiter, Herr Pfarrer«, sagte er. »Verzeihung.«

»Marc sagt, er habe ein *toili* gesehen, als dieser Engländer angekommen ist«, sagte die Frau vor uns. Sie trug eine weiße Haube auf dem Kopf, gelblich verfärbt, wo sie auf ihre Haut traf.

Reverend Jeremiah seufzte.

»Wie schon mehrfach gesagt, haben dieser Engländer und die Frau Namen.«

Jeremiah stand höher als Edward, auf dem Altarpodest. Er legte Edward eine Hand auf die Schulter.

»Und im Hause Gottes wird nicht von *toili* geredet.«

Ich fühlte mich genötigt, Joan anzusehen, um mich zu entschuldigen. Sie schrieb alles in ihr Büchlein, das Gesicht strahlend vor Stolz.

―

Ein Sturm kam auf. Schwarze Wolken, die Vögel ohrenbetäubend und dann stumm. Zimmer voller neuer Schatten. Spinnen, die im Haus Zuflucht suchten. Morgens saßen Llinos und ich auf dem Boden vor unserem Bett und beteten mit flach auf die Matratze gelegten Händen. Tad ging mit den anderen Männern dem Leuchtturmwärter helfen, in seinen hohen Gummistiefeln. Wie ich diese Stiefel hasste, die ihn unter Wasser ziehen würden, falls er einmal weggespült wurde. Er kehrte mit rotem Gesicht und blutenden Händen zurück. Ich weichte sie in Wasser ein und band ihm die Schnürsenkel zu. Der Wind kesselte das Haus ein.

Über Nacht rissen die Wellen zwei Schafe von der Steilküste weg. Ein paar Boote kehrten nicht zurück, und Frauen reihten sich im Leuchtturm auf, um die Funksprüche der Küstenwache mitzuhören. Von ihrem Atem beschlugen die Scheiben.

Llinos bewahrte Kiefernzapfen auf der Fensterscheibe auf und inspizierte sie morgens. Ich sah ihr zu, wenn sie sich neben Elis auf den Boden setzte. Sie zog die Schuppen von den Zapfen ab und teilte Elis mit, es werde ein trockener Tag, oder wenn sie hart und geschlossen waren, sagte sie, es gebe Regen. Manchmal wurden sie fest, und die Schuppen spalteten sich, in welchem Fall sie sanft Elis'

Ohr anhob, flüsterte, sie sei sich nicht sicher, und es wieder nach unten klappte.

Am Morgen lag Nebel auf den Fenstern, und ich malte darauf: Fische, Seehunde und kleine Gesichter. Wenn es stark regnete, saß ich drinnen fest. Dann rannte ich nach draußen, füllte Töpfe mit Erde und pflanzte Bohnen ein. Ich hatte den Gedanken, dass wir sie vielleicht für den Frühling brauchen konnten. Als sie weiße Sprossen austrieben, musste ich plötzlich an die Tage denken, an denen Mam in der Dunkelheit ihres Zimmers lag, zusammengekrümmt und blass.

Jetzt, wo der Winter kommt, gehen die Insulaner weiterhin bei gefährlichen Bedingungen fischen. Wir hören von unserem Gastgeber, dass ein junger Fischer vom Festland in der vorigen Woche über Bord ging. Das nächstgelegene Festlanddorf verlor in ein und demselben Sturm zwei Boote, ein stabiles Krabbenschiff mit zwei Masten und ein Deckshaus. Am Tag davor, sagte er, habe das Boot noch ruhig im Wasser gelegen, die roten Segel vollkommen glatt und regungslos.

Die Leiche des jungen Mannes wurde in einer Bucht der Insel gefunden, vor einer stürmischen Nacht. Er wurde anhand von Schildchen in seiner Kleidung identifiziert. Da gerade keine Boote ausfahren und seine Leiche halb verwest ist, wird er auf der Insel begraben. Der Friedhof ist voller solcher Gräber.

Ein Lamm ging im Moor hinter der Steilküste verloren. Die ganze Nacht suchten wir danach, im peitschenden Regen, vom Wind fast in der Dunkelheit ins Meer geweht. Merionn mit der Mutter an einem Seil, damit das Lamm sich an ihrer Stimme orientieren konnte, gefolgt von uns anderen mit dem letzten Öl in den Öllampen. Auf dem Hügel drehte sich eine Frau zu mir um, sagte, ein paar Leute hätten Träume gehabt. Von dem Wal und von einer Frau, die aus dem Wasser kam. Hast du auch solche Träume? Es scheint kein gutes Zeichen, sagte die Frau.

Eine andere stellte sich neben mich. Wir haben uns über Lukasz gewundert, im Leuchtturm. Warum er uns nicht gewarnt hat. Vielleicht, weil er nicht hier geboren ist.

Danach unterhielten sie sich über Olwen, und ich versuchte zuzuhören. Ihr Baby war kurz nach dem Morgengrauen gestorben, unmittelbar, bevor der Sturm angefangen hatte. Der Säugling wog bei seinem Tod weniger als bei der Geburt. Als es hell war, gab ihr Mann der Familie Bescheid. Es war zu spät gewesen, den Arzt zu holen, und wegen des schwierigen Wassers konnte auch kein Leichenbeschauer kommen. Der Ehemann ging in den Leuchtturm und ließ per Funktelegrafie eine Nachricht an die Küstenwache in 60 Kilometern Entfernung senden.

Am Nachmittag wurde die Genehmigung erteilt, das Kind ohne Leichenschau zu beerdigen.

Das Lamm wurde in eine flache Senke geschmiegt gefunden, zitternd. Dais Frau trug es nach Hause wie ein Baby. Manche sagten, es schlafe in ihrem Bett, die beiden ließen eine Paraffinlampe im Stall brennen. Noch Tage später hing weiße Wolle an unseren Kleidern, in Löckchen, weil wir uns zwischen den Schafen durchgedrängt hatten.

Eine der Frauen sprach mich auf Edward und Joan an. Sie sagte, Joan sei eines Tages bei ihr zu Hause aufgetaucht, habe ihr beim Buttern zugesehen. Sie habe ein paar seltsame Sachen gesagt, dass man das Land schützen müsse. Ich hab' ihr eine Portion Butter geschenkt, sagte die Frau, und zu ihr gesagt, sie kann gern zurückkommen und welche machen, wann immer sie mag.

Darüber lachten die Frauen um uns herum.

Edward stand klatschnass vor der Tür. Ich ließ ihn herein, setzte ihn an den Kamin. Er wolle meine Stickereien sehen, sagte er.

Ich holte sie. Ich zeigte ihm diejenigen, auf die ich am stolzesten war: ein Weihnachtsessen, alle an einem langen Tisch sitzend. Ein großer Fisch auf einer Platte, in den ich kleine Perlen eingestickt hatte. Wasser mit weißen Bötchen.

Ich ließ ihn auch die sehen, an der ich gerade arbeitete, größer als sonst. Ich hatte eine Kirche gestickt. Daneben fand eine Beerdigung statt. Alle in Schwarz, im Boden um sie herum weiße Blumen. Unter ihnen der Sarg, der in die Erde gesenkt wurde, und Skelette. Die Skelette liefen an der Unterkante des Stoffs entlang, von wo aus sie durch die Kirche empor und durch das Dach hinaus schwebten und zu grauen Möwen wurden.

»Ich dachte, ich nähe es vielleicht auf eine Decke auf«, sagte ich.

»Ein bisschen makaber, findest du nicht?«

Er nahm sie alle mit. Joan wollte sie sehen, und beide wollten sich ein paar Notizen dazu machen für das Buch. Er habe seine Kamera wegen des Regens nicht mitgebracht, sagte er.

Es war einmal eine Mutter auf der Insel, die drei Töchter hatte. Jede der Töchter war ganz wundervoll: Eine war schön, eine war gutherzig, eine war überaus intelligent. Das Meer wurde eifersüchtig auf die Töchter und machte deshalb jede von ihnen wahnsinnig, damit sie sich von der Steilküste ins Wasser stürzten. Die Frau wartete darauf, dass das Meer ihre Töchter zurückgab. Sie betete jeden Tag zu ihm. Aber das Meer konnte sie nur als Wale zurückbringen, die manchmal an die Oberfläche kamen und sogleich wieder weggenommen wurden.

SJCEG Platte 11. Erhoben am 2.11.38 von R. Moore (Krabbenfischer, geb. 1895), wohnhaft Y Bwthyn Pren (Das Holz-Cottage). Variante eines Volksmärchens.

Sobald der Sturm angekommen war, zog er wieder ab. Ich wachte auf, und mein Zimmer war in kaltes Licht getaucht. Leahs Ziegen waren aus ihrem Stall gelassen worden, und ich hörte sie meckern.

In dem Nebengebäude der Kirche presste Merionn seinen Hut an die Brust, während er redete, eine lange Geschichte über eine Frau, die an der Küste von einer Seeschlange verschlungen und in einen Meeressturm verwandelt wird. Ich sah ihm an, dass er nervös war, dass der Hut dazu da war, die Hände vom Zittern abzuhalten. Edward runzelte die Stirn. Er zupfte am Ellbogen meines Kleids.

»Kannst du ihn bitten, den wegzulegen? Und dann soll er bitte noch mal von vorn anfangen.«

Merionn sprach kein Englisch, also übersetzte ich, und er nickte. Ich schrieb die englische Übersetzung auf, und Joan las sie sorgfältig durch. Ich beobachtete einen Vogel auf dem Dach, der hin und her flog. Jetzt, wo der Sturm vorbei war, konnte ich eines meiner besseren Kleider tragen. Es war dunkelblau, mit Korsettstangen in der Seite, die sich in meine Hüfte bohrten und mich zwangen, gerade zu sitzen. Joan sah mich von der Seite an und gab mir die Übersetzung zurück. Instinktiv strich ich mir die Haare glatt. Als Merionn fertig war, bat Edward ihn, seinen Namen und Beruf anzugeben.

»Merionn Davies. Ffermwr Dafydd.«

»Frag ihn – haben Sie eine Quelle dafür?«

»Was meinst du damit?«

»Kommt das von irgendwoher? Wahrscheinlich nicht, aber frag trotzdem. Vielleicht aus einem Lied, von einem bestimmten Musiker, so was in der Art?«

»Opa hat Harfe gespielt«, sagte Merionn.

»Nein, ich meinte …« Edward schüttelte den Kopf. Er notierte etwas. Ich betrachtete die kleine kahle Stelle auf seinem Kopf, die auf und ab hüpfte, wenn er schrieb.

Merionn ging, bevor wir fertig waren, sagte, er könne Wasser in der Luft riechen und müsse seine Schafe in den Stall bringen.

Ich fragte Joan, ob es ein Problem sei, dass Merionn nicht wisse, wer das Lied geschrieben habe. Joan schüttelte energisch den Kopf. Sie sagte, es sei genau, wonach sie suchten.

Mein Großvater sei Walfänger gewesen, erzählte ich dem Mikrofon. Edward hatte mich gebeten, es zu testen, aber als ich zu sprechen begann, forderte er mich auf fortzufahren.

Das Schiff hieß Balaena.

Wir haben eine Fotografie meines Großvaters, wobei wir nicht wissen, wer sie aufgenommen hat. Er ist auf dem Boot, der Balaena, und blickt aufs Meer. Man kann nicht das ganze Schiff sehen, aber es wirkt groß. Mein Großvater lehnt sich an die Reling. In der Landschaft hinter ihm ist viel Eis, weiße Berge. Das Wasser ist ein dunkler Umriss, türmt sich zu einem Kamm auf.

Auf dieser Reise fuhr er nach Grönland. Er steckte so lange im Eis fest, dass er, als er zurückkam und ins Haus spazierte, meine Urgroßmutter erschreckte, die schon jegliche Hoffnung auf seine wohlbehaltene Heimkehr aufgegeben hatte und ihn für einen Fremden hielt. Mehr als einen Fremden, sie glaubte, er wäre ein Gespenst, und bewarf ihn mit Salz.

Ich sah Edward zu, wie er die Platte beschriftete, während ich sprach.

SJCEG Platte 16. Erhoben am 10.11.38 von M. Llan (geb. 1920), wohnhaft Bwthyn Rhosyn (Rose Cottage). Familiengeschichte.

»Was hältst du von Joan?«, fragte Edward mich hinterher, während ich meine eigene Stimme transkribierte.

Er gab mir einen Scone, und die Johannisbeeren waren hart und zäh. Edward zeichnete durch das Fenster eine Inselansicht. Vor meinen Augen entstanden Gestalten und Fischernetze und Schafe. Eine Kirche im Vordergrund, von Moos überwucherte Bruchsteinmauern. Den Himmel schattierte er, die dunklen Winterwolken. Lang gezogene Hänge mit sauberem Gras.

»Ich finde sie sehr nett«, sagte ich.

Er blickte über die Schulter. Ich bemerkte ein Fenster in der Zeichnung, eine Frau, die dastand und hinaussah.

»Wusstest du, dass sie zu Mosley gehört?«

»Zu wem?«

Er erzählte mir alles. Eine politische Bewegung auf dem Festland; er hatte Joan auf Kundgebungen gesehen, bei Demonstrationen. Ihre Mutter war Suffragette gewesen, Joan hatte in Oxford studiert, und jetzt wollte sie auf niemanden hören, der ihr sagte, dass sie falschlag.

»Hat ihr hochtrabende Ideen in den Kopf gesetzt.«

»Was für Ideen?«

»Na ja. Faschismus, Manod. Gefährliches Zeug.«

»Glaubst du daran?«

»Nein, nein. Ich betrachte mich nicht als besonders politisch.«

Er zeichnete einen Streifen schwarzes Meer hinter die Insel. Kleine Häuser auf der anderen Seite, auf dem Festland. Er riss das Blatt aus seinem Skizzenblock und gab es mir.

»Das kannst du behalten«, sagte er.

Zu Hause hängte ich die Zeichnung auf meiner Bettseite an die Wand. Llinos schimpfte mit mir, sie meinte, das Blatt werde auf uns herunterfallen, während wir schliefen. Ich war mir stark bewusst, dass Edward nicht weit von mir im Bett lag, mit denselben Bildern von der Insel in den Gedanken. Mir war, als könnte ich in die Zukunft sehen, wüsste schon, wie ich mich vielleicht an die Insel erinnern würde, wenn ich weggezogen war, an ihre nesselgesäumten Pfade und Vogelschwärme.

Llinos begann, im Schlaf zu schnarchen, und streckte die Arme über meine Brust. Ich zischte ihr zu, sie solle rutschen. Draußen riefen Vögel, suchten ihre Höhlen in der Nacht. Ich strich mit dem Finger über die gesamte Zeichnung bis zu der Frau in dem Fenster.

Endlich legte sich der Wind, und man konnte zum Festland fahren. Tad wollte das rostige Boot nehmen. Das Meer war schmutzig und grau und von einem grässlichen gelben Schaum bedeckt.

Ich stand neben Frauen, die Schalentiere sortierten und zum Verkauf auf Boote luden. Eine von ihnen saß auf einem Hocker und nahm Rotbarsche aus, schleuderte sie in eine flache Kiste vor sich. Rosa Flüssigkeit sickerte zwischen den Holzlatten hindurch, die Lache wurde immer größer. Ihre Hände arbeiteten schnell, mühelos. Die Frau ließ ihr Messer fallen, und ich wollte es aufheben. Sie bückte sich im selben Moment, wobei sie mit dem Fuß an den Griff stieß und das Messer gegen meine Hand flog. Ich spürte einen scharfen Schmerz, und als ich die Hand umdrehte, sah ich einen kleinen Schnitt, aus dem es hellrot tropfte. Die Frau machte ein tadelndes Geräusch.

»Du solltest besser aufpassen«, sagte eine Stimme über mir. Edward.

»Das war ein Unfall.«

Er holte ein Taschentuch aus der Hose und drückte es auf die Wunde. Sie blutete schon nicht mehr, aber ich ließ seine Finger dort liegen. Meine Hand pochte an seiner. Als er das Tuch wegnahm, traf die Salzluft auf die Stelle, und es brannte bis in meinen Ellbogen hinaus.

»Ich hätte gedacht, dass du an solche Verletzungen gewöhnt bist.«

»Wie bitte?«

»Deine Stickereien. Joan war begeistert. Sie lässt fragen, ob du sie beschriften könntest.«

»Natürlich.« Wir standen eine Weile schweigend da. Ich sah, dass Tad, unten am Wasser, uns bemerkt hatte. Er stellte seine Käfige ab und kam auf uns zu.

»Du hast dir einen Bart wachsen lassen«, sagte ich zu Edward.

»Genau. Ich bin Robinson Crusoe.«

Er wandte sich zum Gehen und lüftete den Hut. Als er an mir vorbeiging, legte er mir die Hand auf den Rücken. Kurz darauf war Tad bei mir, die Miene offen und erwartungsvoll.

»Es ging um die Arbeit«, sagte ich.

Tad schüttelte den Kopf. Zerstreut drehte er sich um und stieß gegen die Fischfrau. Rotbarsche flogen in den Sand, jeder nach Luft ringend. Die Frau warf sich auf den Boden, um sie einzufangen. Die anderen Frauen um uns herum lachten sie aus. Ich versuchte, ihr zu helfen, aber sie schob meine Hände weg.

Das letzte Mal, dass ich meine Mutter sah, war, als wir am Küchentisch saßen und eine Schüssel Muscheln zubereiteten. Zu dem Zeitpunkt verließ Mam nur noch selten das Bett, und sie kam langsam in die Küche, als wüchse sie aus der Wand heraus. Wir arbeiteten schweigend. Ich passte nicht mit dem Messer auf und ritzte mir den Finger am Knöchel. Mam nahm meine Hand und steckte sie sich in den Mund, bis sie zu bluten aufhörte. Wenn ich die Augen schließe, um mir ihr Gesicht vorzustellen, sehe ich nur zwei Muschelschalen, die sich langsam in meinen Händen öffnen.

Papageientaucher versammelten sich an der Kante der Steilküste. Ich fand, sie sahen albern aus, wenn sie liefen, wie winzige Menschen auf zwei orangen Beinen. Sie erinnerten mich an die Erzählungen der alten Generation: Feen am Wegesrand, die Münzen stahlen.

Leah brachte mir ein Kleid zum Flicken. Es sei November und nicht mehr lang bis Mari Lwyd, sagte sie. Das Kleid war aus grüner Wolle, mit einem dunklen Karomuster, und die untere Hälfte war übersät von Mottenlöchern. Ob ich es ausbessern könne? Ich sagte Ja. Sie bat mich, ihr bei sich zu Hause zu helfen, einen Beutel Wolle zu verspinnen. Ich sagte, ich werde in den nächsten Tagen vorbeikommen.

Über die Löcher in dem Kleid stickte ich braune Blümchen. Auf dem Grün fielen sie nicht allzu stark auf, und man sah sie nur, wenn man genau hinsah.

Elis saß an der Tür und wartete auf Tad, beobachtete jeden Schatten, der über den Spalt huschte. Ich rief ihn, versuchte, ihn dazu zu bewegen, zu mir zu rennen, aber er beachtete mich gar nicht.

Ich wollte gerade mit der Rückseite des Kleids anfangen, als ich von Lärm vor dem Haus abgelenkt wurde. Stimmen und rennende Füße. Als ich aufstand, riss Llinos die Tür auf und warf sie zu. Ich hielt das Gesicht ans Fenster. Zwei Jungen, Cala und Tomos, wichen zurück wie erschrockene Katzen.

»Was war das?«

»Nichts«, sagte Llinos. »Nur Fangen.«

Später fand ich sie weinend in der Küche. Lange,

klagende Schluchzer. Ich zog sie an meinen Bauch. Eines ihrer Skelettmodelle lag vor ihr, und in der Hand hielt sie einen zerbrochenen Knochen. Llinos weinte wie ein Baby, rotgesichtig und erstickt. Der Knochen hatte die Größe und Form einer Nadel.

»Ich hab' ihn kaputt gemacht«, sagte sie. »Er fühlte sich komisch an, und ich hab' ihn kaputt gemacht.«

Als sie sich beruhigt hatte, klebten wir das Skelett zusammen und ersetzten den zerbrochenen Knochen. Die Nadel glänzte silbern. Ich hatte nur eine. Leahs Kleid musste warten.

Die ganze Nacht saß ich an den Beschriftungen meiner Stickereien für Edward und Joan. Ich musste beschreiben, was jede darstellte und woher ich den Faden hatte. Joan und Edward fotografierten sie, neben anderen Dingen: einem Quilt, den Leah im Laufe von zehn Jahren genäht hatte, einer Jacke eines Fischers, der behauptete, sie sei über zweihundert Jahre in seiner Familie vererbt worden. Die Jacke stank und sah aus wie ein alter Lumpen.

Die Zettel mit den Beschriftungen musste ich in Wasser tauchen und auf der Rückseite der Stickarbeit anbringen. Edward hatte mir ein spezielles Papier gegeben. Wenn es getrocknet war, klebte es dort fest.

Ich wiederholte den Vorgang bei jeder Stickerei. Als ich fertig war, schmerzten meine Hände, und die Haut um meine Nägel herum löste sich ab. Ich zupfte daran, bis die Finger rot und ungesund aussahen, wischte sie mir am Kleid ab und ging ins Bett.

Joan und Edward waren bereits in der Kirche, als ich ankam, und lasen in einem Stapel Briefe. Ich hatte meine Stickarbeiten in einem Lederkoffer dabei. Joan trug einen Seidenschal über den Haaren, ein Muster in Knallrot und Grün. Als ich meine Stickereien ordentlich auf dem Tisch aufstapelte, sah ich einen offiziell aussehenden Brief, auf den NATIONALER VERWERTUNGSRAT gestempelt war.

»Sind das deine Freunde, Joan?« Ich deutete auf den Brief. »Von denen du beim Essen gesprochen hast?«

Joan warf über den Brillenrand einen Blick darauf.

»Ja, sie müssten in den nächsten Tagen ankommen. Ich habe sie gebeten, sich zu beeilen.«

»Nehmen die wirklich den Wal mit?«

»Sie werden mitnehmen, so viel sie können.«

Plötzlich lachte Edward.

»Was denn?«

»Hört euch das an, ein Brief, den jemand an die Zeitung geschickt hat, der aber hierher zurückgesandt wurde.

›Ich bin achtzehn Jahre alt und benötige eine Ehefrau. Ich habe Haare, Zähne, ich bin Baptist. Ich habe einen Bullen, zwei Färsen und fünf weiße Gänse. – Wartet noch, wartet. – Im Winter bin ich ein hervorragender Sammler von Tang, Meersalat und Napfschnecken.‹«

»Was für ein Casanova!«

»Das ist, weil wir im Winter nicht fischen gehen. Es gibt keinen Hering oder Hummer. Außerdem ist euch vielleicht aufgefallen, dass es momentan gefährlich ist rauszufahren.«

»Nein, nein, das wissen wir.« Sie wechselten einen Blick. »Es ist nur …«

»Lustig«, sagte Edward. »Es ist einfach amüsant.«

»Ich dachte, euch schmeckt unser Essen.«

»Ja, ja, das ist ja auch so, wir machen nur Scherze, Manod. Es geht mehr darum, dass er … altmodisch ist, so wie er geschrieben ist.«

Ich wollte fragen, warum, fand aber die Worte nicht. Edward atmete durch die Nase ein, lächelte und schüttelte den Kopf. Joans Schultern bebten, als wollte sie sich ein Husten verkneifen.

»Wer war es?«, fragte ich. »Wer hat das geschrieben?«

Ich brauchte nicht zu fragen: Der einzige achtzehnjährige Junge auf der Insel war Llew.

Ich bat darum, mir den Tag freinehmen zu dürfen: Tad brauchte Hilfe beim Trocknen des Fischs für den Winter und Llinos bei ihren Hausaufgaben. Sie sagten Ja.

Die Schulkinder waren verzückt von dem Wal, und Llinos sollte ein Bild davon machen. Sie beschloss, eine Maske zu basteln. Ich hatte einen kleinen Malkasten, den Rosslyn mir geschenkt hatte, und wir mischten möglichst ähnliche Farben zusammen. Ich zeichnete ihr den Umriss und die

Züge. Die Augen machten mir Spaß, mit dem Netz von feinen Fältchen. Als wir fertig waren, hatten wir ihn insgesamt zu blau gemalt. Der Wal hatte eigentlich ein dunkles Grau, wie ein Stein. Ich sagte nichts zu Llinos, und sie schien zufrieden damit. Sie rannte los, um die Maske ihrem Freund Tomos zu zeigen. Ich hörte sie vor Aufregung keuchen, als sie den Pfad hinunterlief.

Ich ging zur Anlegestelle und sah den Frauen zu, die den Fisch abholten. Nach dem Sturm mussten sie Überstunden machen. An der Seite stand Olwen und starrte auf ihre Hände. Ich dachte daran, aufs Festland zu gehen, und versuchte zu berechnen, wie lange ich woandershin brauchen würde, nach Paris oder London, und im Anschluss, was es kosten würde. Die Frauen unterhielten sich darüber, Mais auf einem Feld in Ufernähe anzupflanzen. Eine Katze näherte sich meinen Füßen, angezogen vom Geruch. Sie sprang mir auf den Schoß, und ich ließ sie dort sitzen, die Flanken nass an meiner Brust.

Edward kam abends zu mir nach Hause. Er hatte Angst, sie hätten mich gekränkt.

Ich verneinte.

»Ich möchte nicht, dass du denkst, ich hätte keine gute Meinung von dir, Manod«, sagte er.

»Das denke ich nicht.«

»Weißt du, worauf ich hinauswill?«

Er kam näher heran, nah an mein Gesicht, und zog sich dann zurück.

»Mir gefällt das weiße Kleid, das du anhast«, sagte er, als er ging. »Es gefällt mir sehr.«

⇀

Es gab Regen, und ich lag wach und hörte ihm zu. Schwerer, prasselnder Regen. Er gurgelte in dem Abfluss im Hof, tropfte vom Dach. Das Geräusch erinnerte mich an die Zeit, als Rosslyn noch auf der Insel war und sie und ich zum Zeichnen in die Buchten gingen. Rosslyn hatte einen Malkasten, den sie einmal zu Weihnachten bekommen hatte, und wir betrachteten die Gezeitentümpel und malten, was dort drin war. Rote Seeanemonen, all die grünen und roten und dunklen Farben der Algen und Gräser. Wir saßen immer so still und so lange da, dass das Wasser Geräusche zu machen begann. Kleine Geschöpfe tauchten mit einem Knacken oder Schmatzen am Wasserrand auf oder stießen einen Strom von Bläschen aus. Während ich daran dachte, schlief ich ein, und als ich aufwachte, war mein Kissen kalt und leicht feucht.

In der nächsten Woche traf ich Edward jede Nacht, wartete, bis Llinos eingeschlafen war, und schlich mich dann aus unserem Bett.

Die Schafe auf dem Abhang beobachteten mich, wenn ich zur Kirche ging. Ich glaubte, in einem der Häuser ein Licht zu sehen, eine Gestalt ans Fenster treten. Da war niemand. Das Meer flüsterte, ließ mich in Stille laufen. Ich dachte an eine Geschichte, die meine Mutter mir erzählt hatte, davon, dass das Meer zu Stein wurde.

Edwards Körper war blass und knotig wie der eines Insekts. Wir trafen uns in dem Nebengebäude der Kirche, weil er und Joan im selben Zimmer schliefen. Er legte eine Wolldecke für uns auf den Fußboden und zwei gestreifte Kissen. Der Raum war von Mondlicht erhellt, unsere Haut von einem säuerlichen Grau. Edward hatte Muskeln, aber sie waren straff und schmal, und sein Bauch war rundlich, und in der Mitte führte ein Streifen dunkler Haare hinab. Ich versuchte, nicht daran zu denken, wie ich aussah: meine schmutzigen, rissigen Fersen und drahtigen Gliedmaßen.

»Du würdest das Festland lieben«, sagte er hinterher, auf die Ellbogen aufgestützt. »Ich glaube, du könntest dich dort wirklich entfalten.«

Das war ein Gespräch, das wir häufig hatten. Er erzählte mir von seinem Leben dort. Seiner kleinen Wohnung in einem Reihenhaus, mit einer Vermieterin, die gelbe Rosen züchtete. Seinen Freunden, die überwiegend Künstler waren, und seinem Bruder, ebenfalls Wissenschaftler. In den meisten Nächten bat ich ihn, mir das zu beschreiben, was er dort aß: Eis, Roastbeef, süßes Gebäck.

»Ich könnte mit euch mitkommen«, sagte ich. »Mit dir und Joan.«

»Ich habe einen Freund«, sagte er. »In Paris. Er produziert Platten. Ich dachte, ich spiele ihm unsere Aufnahmen vor.«

»Ich dachte, ich gehe vielleicht auf die Universität.«

»Du könntest alles machen.«

Er drehte den Kopf und küsste mich, während seine Finger mir sanft über die Schulter strichen.

Er zeigte mir die Dunkelkammer, die er in einer Ecke der Kirche eingerichtet hatte. Es gab einen schweren Segeltuchvorhang, durch den wir gehen mussten.

Dahinter hingen die Fotografien, die er entwickelte, an einer Leine in einer kleinen Nische. Ich sah eine Fotografie von einer meiner Stickarbeiten, und eine Gruppe von Insulanern, die ich erkannte. Ich las den Text auf der Rückseite. In Bleistift geschrieben: *Eine Inselfamilie genießt ein Picknick.* Niemand auf dem Bild war verwandt. Und wir aßen nie unter freiem Himmel. Eine Fotografie von Cala: *Ein Junge von der Insel, der zum Schafbauern ausgebildet wird oder zum Walhai-Fischer.* Calas Familie hielt Rinder. Von einem Walhai hatte ich noch nie gehört.

Edward winkte mich weiter nach hinten, um mir eine Reihe von Bildern zu zeigen, die er auf dem Festland aufgenommen hatte. Auch dort war ein Wal angespült worden. Der Wal lag auf der Ladefläche eines Lasters, den Kopf aufrecht und das Maul offen gehalten von Drähten. Sein Auge sah einen direkt an, und obwohl es klein war, spiegelte sich das Licht darin wie in einer Murmel. Um das Tier herum stand eine Menschenmenge, ein Mann links lachte, ein anderer zündete sich eine Zigarette an. Viele Hüte. Eine Frau hielt ihr kleines Kind hoch. Auf der Ladefläche reckte eine junge Frau in einem hellen Badeanzug und einer Perlenkette ein Schild in die Höhe, und ein gut aussehender Mann zeigte auf eine Harpune zu seinen Füßen. Das Maul des Wals hatte lange Fransen innen, wie Seide.

Auf den anderen Fotografien hatten sich die Haltung der Menge und die Schilder der jungen Frau verändert: Rückenflosse, Barten, Oberkiefer, Unterkiefer. Das letzte Bild zeigte einen Anhänger hinter dem Laster. GOLIATH, DER GROSSE WAL war auf die Seite gemalt.

»Ich war ziemlich enttäuscht davon«, sagte Edward hinter mir. »Von dem Wal. Ich hatte gedacht, er wäre blau. In Wirklichkeit hatte er ein grässliches stumpfes Grau.«

Er legte mir die Hände auf die Hüften, während ich über die Bilder strich. Er schob sie auf meinen Bauch, hinunter zwischen meine Beine. Ich überlegte, ob ich protestieren sollte, gab aber schon bald nach. Es tat gut, von jemandem begehrt zu werden.

⁓

Er schlief schnell ein, und seine Atmung verlangsamte sich, als er ins Träumen abglitt. Ich dachte an den Wal, der bei uns angespült worden war, und an den auf den Fotografien, fragte mich, ob sie einander je begegnet waren. Malte mir aus, wie sie zusammen schwammen um die Kontinente herum, von denen Schwester Mary uns in der Schule erzählt hatte, wie sie einander durch die Tunnel des Meeres führten.

Als mein Vater ein Kind war, sagt er, hing noch eine andere Insel an dieser dran. Mein Vater rannte mit seinen Altersgenossen zum Spielen dort hinüber. Es war ein ganz kleines Ding, Platz für ungefähr zehn Leute im Stehen, und sie tauchte nur bei Ebbe auf. Er hat viele Erinnerungen daran, an sich und die anderen Kinder, wenn sie die mit Fischen aus dem Wasser auftauchenden Vögel beobachteten, manchmal Tintenfische auf dem Meeresgrund entdeckten. Man sieht diese Insel nicht mehr. Tad sagte etwas in der Art, dass das Wasser sie verschluckt habe.

Wie ein böser Geist?

O ja, und meine Mam sagte das auch.

Glaubt sie an böse Geister?

Manche Leute sagen, es gibt einen Geist, der Fischerboote umkippt und Hummerfallen ausleert. Und manche sagen, wenn ein Boot mit dem bösen Blick belegt wurde, wird es erst wieder zuverlässig, wenn es von einem Priester mit Weihwasser gesegnet wurde.

Wir haben keinen Priester, wir haben einen Pfarrer.

Was ich hier sage, ist die Wahrheit, das, was mein Vater uns früher erzählte. Die kleine Insel war schon ungefähr zehn Jahre verschwunden, als mein Vater ein junger Mann war, um die zwanzig Jahre alt. Das war vor dem

Krieg. Er hatte einen Freund auf der Insel, John, der eine Freundin vom Festland hatte, aus einer Stadt, von der niemand je gehört hatte. Mein Vater sah sie nur, wenn sie die Insel besuchte. Angeblich war sie ein eigenartiges Mädchen, immer halb nass. Der Rest der Geschichte ist die von John: Eines Tages kam das Mädchen ihn auf der Insel besuchen, und sie gingen spazieren. Sie liefen hinaus ins Watt, reiner Sand, nichts weit und breit, keine Felsen oder Steine. Sehr ungestört. John bückte sich, um sich die Schnürsenkel zu binden, und als er aufblickte, war das Mädchen komplett verschwunden. Er sah es nie wieder. Und als er den Namen der Stadt auf einer Landkarte suchte, gab es sie nicht.

Das ist schwer zu glauben.

Es muss geglaubt werden. Man muss es glauben, verstehst du. Man muss es glauben.

SJCEG Platte 16. Erhoben am 17.11.38 von M. Brith (geb. 1919), wohnhaft Pen Craig (Felsspitze). Zweite Stimme von M. Llan. Familiengeschichte.

Als ich morgens nach Hause kam, wartete ein Brief auf der Stufe. Ich erkannte die Handschrift, die blaue Füllertinte. Er war von Llew. Seine Mutter musste ihn in Empfang genommen und vorbeigebracht haben. Ich öffnete ihn draußen, an die Tür gelehnt. Offenbar hatte seine Mutter ihm von den englischen Forschern geschrieben.

Ich habe auf dem Festland oft an dich gedacht. Das mit der Fabrik ist nicht so leicht, wie ich dachte. Es gibt Arbeit, aber zu viele Leute, die sie brauchen. Jeden Morgen stehen wir vor der Fabrik Schlange und hoffen, eine Schicht zu ergattern. Ich und die anderen Männer. Einer singt, sammelt so Geld ein. Er erinnert mich an dich.

Hast du bei den englischen Besuchern Arbeit gefunden? Wie sind sie so? Meine Mam sagt, sie sind sehr höflich, aber komisch, und der Mann hat glatte Hände wie ein Kind. Wie geht es Llinos?

Ich vermisse die Insel ja schon. Weißt du noch, im Frühling hat es im Brunnen vor unserem Haus von Kaulquappen nur so gewimmelt. Ich zeigte sie dir damals immer, ihre Stummelbeinchen. Wenn wir Wasser schöpften, mussten wir sie rausfischen. Du hast deinen Tee immer mit zusammengebissenen Zähnen getrunken, als eine

Art Sieb, falls wir welche übersehen hatten. Ich habe diese Zeiten in schöner Erinnerung.

Ich schreibe, weil ich dir erzählen wollte, dass ich beschlossen habe, Soldat zu werden. Arbeit zu finden ist zu schwer, und die Vorstellung, auf der Insel zu leben, halte ich nicht aus. Angeblich gibt es bald Krieg. Als ich mich verpflichtet habe, wurde ich fotografiert und habe Schokolade, einen Kompass und ein Taschenmesser bekommen. Das Bild und einen extra Kompass, der mir geschenkt wurde, lege ich bei. Ich dachte, du kannst vielleicht was damit anfangen. Ich habe ausgetüftelt, dass meine Kaserne genau westlich vom Rose Cottage liegt.

Wenn du zurückschreiben möchtest, kannst du die Adresse auf der Rückseite des Umschlags benutzen.

Dann, hastig mit Bleistift ergänzt. Bitte schreib zurück.

Die Fotografie von Llew war wunderschön. Seine Haut war rein und seine Haare sehr ordentlich gekämmt. Er lächelte nicht. Ich holte den Kompass heraus und betrachtete die zitternde Nadel.

Wir backten den ersten Weihnachtskuchen jenes Jahres. Llinos säuberte die Trockenfrüchte, suchte jegliche Stängel oder harten Stückchen heraus. Ich rieb Zitronenschale. Die zarten Raspel schwebten immer wieder auf den Tisch. Llinos hob sie auf, indem sie den Finger darauf drückte, und schnippte sie in die Schüssel zurück. Sie war ganz versunken. Ich dachte mir, ich könnte ihr lange zusehen.

Als ich ihr erzählte, dass ich nun doch aufs Festland zog, nickte sie nur. Sie fragte mich, wann, ich sagte, ich sei nicht sicher. Möglicherweise im Frühling, wenn Weihnachten vorbei war. Sie tupfte weiter die Raspel auf, hielt sie ins Licht.

Schweigend häuteten wir Mandeln. Im Hof ertönte ein Schrei.

»Das ist ein Steinkauz«, sagte Llinos, ohne aufzusehen.

Ich stellte mich ans Fenster, das beschlagen war. Hinter mir spürte ich Llinos.

»Das ist gut«, sagte sie. »Es bringt Glück.«

Ich begann, meine Kleidung anders zu tragen und mit neuen Augen zu betrachten. Ich überlegte mir, was ich anziehen wollte, wenn ich für Edwards Freund in Paris sänge. Ich suchte meine guten Sachen heraus, alles, was aus Seide oder Samt war. An den meisten Tagen trug ich denselben Kittel, der kratzig war und sich um die Taille herum bauschte. Die anderen Kleider wollte ich sauber im Koffer haben, für meine Ankunft auf dem Festland. Im Kopf legte ich Röcke und Blusen für Llinos beiseite, die sie anziehen konnte, wenn sie größer wurde.

Die Geschichte habe ich von einem Seemann in Schottland gehört, niemand aus dieser Gegend. Aber meine Kinder und meine Nichten und Neffen, die lieben sie. Vermutlich werden sie sie später ihren Kindern erzählen. Weil ich sie ihnen erzähle. Sie kann sehr unterschiedlich anfangen. Manchmal sage ich, dass sie von ihren Müttern oder älteren Geschwistern handelt oder dass sie an Weihnachten spielt. Aber die Grundgeschichte bleibt gleich. Eines Abends in der Dämmerung sieht ein Mann einen Kreis von Feen am Strand tanzen. Als die Feen ihn bemerken, ziehen sie sich schnell Seehundfelle über und rennen ins Wasser. Eine Fee bleibt zurück, rennt hierhin und dorthin, als suchte sie etwas. Der Mann findet ihr Seehundfell vor ihr und wirft es in den hohen Strandroggen.

Der Mann überredet die Fee, ihn zu heiraten, und sie gebärt ihm Kinder. Immerzu findet er sie am Strand, wo sie mit den Seehunden zu sprechen versucht oder ihr Seehundfell sucht, aber irgendwann gibt sie auf. Eines Jahres – und manchmal ist es ein langer Winter, in dem alle Gräser absterben, manchmal ein heißer Sommer, in dem das Gleiche passiert, manchmal Kinder, die am Strand Verstecken spielen – wird das Seehundfell von ihren Kindern im Sand gefunden, und sie bringen es zu ihr nach Hause, weil sie es behalten wollen.

Ohne zu zögern, nimmt ihre Mutter das Fell und verschwindet. Ihr Mann findet sie am Strand, wo sie ihre Kleidung auf den Boden wirft und in das Fell steigt. Sie springt ins Wasser und wird nie wieder gesehen.

SJCEG Platte 19. Erhoben am 28.11.38 von P. Howell (Leuchtturmwärter im Ruhestand, geb. 1870), wohnhaft Y Tyddyn Bach (Kleiner Bauernhof). Variante eines Volksmärchens.

Ich fand Joan und Edward am Strand, wo sie einen Fischer im Meer fotografierten. Sie hatten ihn nahe am Ufer platziert, im flachen Wasser am Fuße der Steilküste. Normale Fischer hätten sich niemals an diese Stelle gewagt: Dort gab es Strömungen, die einen gegen die Felsen schleudern konnten. Der Mann im Wasser war John. Er hatte schwarze Haare, schwarze Augen und einen schwarzen Bart. Einmal hatte er mir eine Tätowierung gezeigt, die er sich auf See hatte stechen lassen, eine Meerjungfrau, die die Rückseite seines Beins hinaufschwamm. Seine Kleider waren durchweicht, und er stemmte sich gegen die Wellen, die um seine Hüften schlugen.

»Könnten Sie springen?«, rief Joan ihm vom Strand zu. »Als wollten Sie ihn mit den bloßen Händen fangen?«

Ich fragte Edward, was sie da machten.

»Wir wollten ein paar anschauliche Bilder haben. Von den Fischern, wie sie arbeiten. Aber ich wollte nicht mit der Kamera ins Boot, sonst wird sie noch nass. Also machen wir nur ein Beispielfoto von hier aus.«

»Aber so fischen wir nicht.«

»Das weiß ich doch, Manod. Wir werden beschreiben, wie ihr fischt, das Foto ist nur als Illustration gedacht. Wir verfassen eine Bildunterschrift ...«

»Dabei kann ich euch helfen.«

Etwas huschte über seine Miene. Ein Gedanke, den ich nicht deuten konnte.

»Selbstverständlich«, sagte er ausdruckslos.

Joan rief ihn zu sich. Sie drehte sich um und bemerkte mich, winkte mich ebenfalls herbei.

»Manod.« Sie legte sich die Finger auf den Nasenrücken. »Könntest du ihm erklären, was wir uns vorstellen? Ich will nur, dass er einen von diesen Käfigen rauszieht und für die Kamera hochhält.«

Der arme John wirkte kläglich, als eine Welle ihm über die Schulter klatschte. Schaum breitete sich auf der Wasseroberfläche um ihn herum aus. Was sie ihm wohl dafür versprochen hatten? Ich rief ihm zu, erklärte ihm auf Walisisch, was er machen sollte. Er zuckte mit den Achseln. Ich fragte ihn, was sie ihm bezahlten. Er sagte, nichts. Ich sagte, ich würde ihm ein paar Münzen geben.

Nach einer Weile drehte John sich zur Seite und steckte die Hände ins Wasser. Er bückte sich und verschwand unter einer heranrollenden Welle. Ich hielt den Atem an. Joan murmelte leise vor sich hin. Edward trat mit der Kamera vor. Als John wieder auftauchte, hatte er den Hummerkäfig in der Hand und streckte ihn hoch über den Kopf. Ich hörte den Kameraauslöser knacken, Joan brüllen, *Bleiben Sie so! Bleiben Sie so!* Wasser rann John über die Brust, bis eine weitere Welle ihn überspülte, ihm die Füße wegriss. Ich fragte mich, ob es dem Hummer in dem ganzen Durcheinander wohl gelungen war zu entkommen.

Joan trat als Erste ein, schüttelte das Wasser aus ihrem Kopftuch. Ich schloss die Tür hinter uns.

»Ich bin klatschnass«, sagte Joan schroff.

Ihre Haare waren am Ansatz dunkel. Sie setzte sich an den Tisch und ich mich ihr gegenüber. Dann gab sie mir einen Stift und ein Blatt Papier zum Übersetzen. Sie setzte sich die goldgerahmte Brille auf die Nase und notierte etwas auf der Rückseite von einigen von Edwards Fotografien. Normalerweise unterhielten wir uns eine Weile, ehe wir zu arbeiten anfingen.

»Ich beneide dich wirklich darum, hier wohnen zu dürfen, Manod«, sagte sie, ohne aufzusehen.

Sie nahm ein anderes Bild in die Hand und prüfte es.

»Es gibt nur noch wenige solche Orte. Ich bin mir nicht sicher, ob du das zu schätzen weißt.«

Sie schrieb wieder weiter. Ich zupfte an meinen Fingern, fand ein loses Hautstückchen am Nagelrand. Ich versuchte, ihren Stimmungswechsel nachzuvollziehen. Joan warf mir einen kurzen Blick zu, als sie merkte, dass ich sie immer noch beobachtete.

»Warum habt ihr John ins Wasser gestellt?«, fragte ich.

»Was meinst du damit?«

»Ihr wisst, dass er nicht schwimmen kann.«

»Er ist Fischer, natürlich kann er schwimmen.«

»Wir lernen nicht schwimmen. Das habe ich euch doch gesagt. Das Meer ist zu gefährlich, es bringt nichts ...«

»Na ja, ihm ist ja nichts passiert, oder?«

»Hätte aber können.«

Joan wandte sich ihren Notizen zu, schrieb mit Nachdruck. Am Ende eines Satzes stach sie rabiat einen Punkt aufs Papier.

»Wenn du etwas sagen möchtest, Manod, nur zu.«

»Ich fand es gefährlich. Und ihr habt es aus reinem Eigennutz getan, damit euer Buch aufregender wird.«

»Ich glaube, du bist naiv. Ich glaube, du bist hier zu jung und zu behütet und weißt nicht, wie es auf der Welt zugeht.«

Ihre Stimme war scharf. Seufzend nahm sie die Brille ab. Ich riss das lose Hautstück ab und spürte ein Blutkügelchen an meinem Daumennagel entstehen.

»Ich kann genauso gut damit rausrücken. Ich habe Lippenstift auf Edwards Kleidung gefunden. Korallenfarben, den, den ich dir geschenkt habe.«

Ich blieb stumm.

»Du solltest vorsichtig sein, Manod. Den Männern so nachzulaufen.«

»Ich wüsste nicht, was dich das angeht.«

»Mit deinem *Arbeitgeber* zu schlafen. Wir haben dir eine Chance geboten. Du hast sie verspielt.«

Ich empfand Scham, heiß und brennend.

»Edward sagt, du bist Faschistin«, sagte ich. »Stimmt das?«

Wir musterten einander einen Moment lang.

»Ich habe in der Zeitung von denen gelesen.«

»Und vermutlich stimmst du mit Edward überein, dass das völliger Unsinn ist.«

»Es ist schwer zu beurteilen, wie es zugeht auf der Welt«, sagte ich. »Wenn man hier so weit weg davon ist.«

Joan rieb sich mit beiden Händen über das Gesicht.

Ich war überrascht, Tränen in ihren Augen zu sehen. Ihre Wimpern waren dünn und dunkel. Mir fiel auf, dass sie älter wirkte als bei ihrer Ankunft, dass sie von der Witterung überall trockene Flecken auf der Haut bekommen hatte.

»Ja«, sagte sie. »Natürlich. Eigentlich bin ich momentan wohl hauptsächlich wütend auf Edward.«

Sie betrachtete meine Hände, griff aber nicht danach. Sie hob ihren Füller auf, spielte daran herum. Er spritzte schwarze Tinte auf ihre Bluse.

»Ich möchte ja nur, dass das Buch perfekt wird«, sagte sie. »Wenn wir keinen Eindruck von der Insel vermitteln können, dann gibt es …«

Sie verstummte.

»Die Insel, die du im Kopf hast. Ich glaube, die gibt es nicht«, sagte ich.

Sie wandte mir das Gesicht zu, ihr Füller drückte einen dunklen Tintenkreis auf das Blatt. Ich glaubte, Wut in ihrer Miene aufflackern zu sehen.

»Geh nach Hause, Manod«, sagte sie leise, ohne mir in die Augen zu sehen. »Du bist entlassen.«

»Ich bin zu Hause«, erwiderte ich ruhig.

Draußen liefen ein paar Kinder im Gänsemarsch Richtung Strand. Eines davon hatte eine Papiermaske von dem Wal auf, mit einer Klappe als Grinsemaul.

Ich half Llinos beim Baden. Ihr Gesicht war rosig und rund wie ein Mond. Ich fragte sie, ob Cala sie immer noch ärgerte, und sie gab keine Antwort. Sie bedeckte sich mit den Händen.

»Schau mich bitte nicht an«, sagte sie.

Als ich an der Reihe war, schrubbte ich mich lange mit der Bürste, bis ich überall auf Armen, Oberkörper, Hals rote Striemen hatte. Dann hielt ich den Atem an und tauchte unter. Seltsames Klingeln in den Ohren. Ich stellte mir vor, mich in eine quallige rosa Masse aufzulösen und dann wieder fest zu werden. Ich stellte mir vor, ich wäre ein Wal, und ich verschwand unter der Erde.

Im orangefarbenen Schein der Öllampe holte sich Leah Wolle aus dem Sack zwischen ihren Füßen auf ihre Holzbürsten. Sie kämmte sie zu langen Strängen, die ich zu Garn verspann.

Ihr Radio begann zu knistern, und sie bat mich, es auszuschalten. Sie hielt inne und sagte, sie überlege, ihr Land zu verkaufen.

»Warum?«

»Warum machen es die anderen?«

»Brauchst du Geld?«

»Dafydd will wegziehen. Sein Bruder auf dem Festland hat ihm einen Teil seines Bauernhofs angeboten. Sagt, wir können die Ziegen im Boot transportieren, und jemand würde uns Meg abnehmen, wahrscheinlich Merionn.«

Sie seufzte.

»Das Dach fällt auseinander.«

Wie aufs Stichwort floss ein langes Rinnsal herab. Es sickerte quer durch den Erker, wo es bereits die Tapete zu einem verhängnisvollen Gelb verfärbt hatte.

Ich fragte Leah beiläufig, ob sie die beiden Engländer gesehen habe. Joan hatte seit jenem Tag nicht mehr mit mir gesprochen. Sie und Edward legten mir Übersetzungen auf den Tisch. Ich hatte sie im Fenster gesehen und gewunken, und sie hatte sich umgedreht. Der vom Meer aufsteigende Nebel war an jenem Tag dicht gewesen, aber ich hatte das Gefühl gehabt, dass sie mich trotzdem bemerkt hatte.

»Ich muss zum Arzt«, murmelte Leah. »Meine Finger …«

Ich sah sie an. Sie rieb sich die Hände, die Augen vor Schmerz geschlossen. Mir war aufgefallen, dass sie geschwollen waren. Die Wolle fühlte sich klamm an, und ich spreizte die Finger. Ihr Schäferhund Meg kam zu uns, nach Moder riechend, und drückte die nasse Schnauze an meinen Knöchel.

An jenem Abend schlief das Haus, und ich tapste zu meinem und Llinos' Zimmer. Ich hatte die Übersetzung eines Lieds fertiggestellt, hatte langsam geschrieben, damit Llinos nicht von dem Schaben auf dem Papier geweckt wurde.

Ich hörte einen Ruf über dem tiefen Salzwasser –
es war ein Ruf voller Traurigkeit von Bardsey –
ein Schrei im Brüllen eines grausamen Windes
und dem großen Aufruhr der See;
der Schrei von Witwen und Waisen,
einer Schar der Schwachen: das Leben
von Ehemännern und Vätern endete in den Wellen,
in den Strudeln, Felsen und Gegenströmungen.

Auf der Rückseite des Blatts standen Notizen von Joan. Ich hatte sie vorher nicht bemerkt. Gedankenlos las ich sie.

> In jedem Insulaner steckt ein Körnchen Weisheit, eine Verbundenheit mit dem Land. Es ist, als wäre das Körperwasser aus ihnen herausgeflossen, um das Meer zu erschaffen, so vertraut sind sie damit. Witwen von Fischern, kinderlose Mütter, alle tragen ihren Kummer in ihrer schwarzen Kleidung, ihrer salzverwitterten Haut. Das Meer ist ihr höhnischer Liebhaber, und doch wird es verehrt, in Stickereien, in über Generationen vererbten Gerätschaften, Stiefeln und Jacken.

Ich zerknüllte das Blatt, öffnete das Fenster und warf es in den Wind. Für mich war nicht nachvollziehbar, wie sie über die Insel sprach. Ich kannte nur den Kummer des Meeres, keine Liebe. Nur die Notwendigkeit zu retten, Boote, die in einem Sturm ausliefen, Frauen, die sich im Leuchtturm zusammendrängten.

Sie hatte kein Recht, dieses Bild von der Insel mitzunehmen. Es jenseits der Grenzen des Meeres zur Schau zu stellen. Ich kauerte mich zusammen, zog mir die Decke über den Kopf. Unter der Wolle waren meine Tränen heiß und schmeckten nach Schweiß.

Ich zog meinen Pulli aus und stellte mich im Nachthemd ans Fenster. Ich rieb mir die Augen, erschöpft, aber noch nicht zu schlafen bereit. Möwen kreischten am Himmel, und das Fenster ächzte. Ich spürte den Wind durch den Rahmen kriechen, fröstelte. Ich stellte mir vor, dass in Leahs Haus ihre Hände weiterarbeiteten, die Wolle kämmten und mit der Spindel zu Garn verspannen, das ihr in die geschwollenen Gelenke einschnitt. Ihre steinharten Knöchel. Meg beobachtete sie unverwandt, traurig. Ich stellte mir Edward vor, wie er die Insel zeichnete, jeden Teil davon ins Leben rief. Wie er mich zeichnete, meine Hände, meine Lippen. Ich schloss die Augen, um die Bilder auszusperren. Wie lange ich dort stand, weiß ich nicht, aber als ich die Augen wieder öffnete, war der Hof in helles Licht getaucht, und mein Inneres war taub vor Kälte.

Dezember

Eines Morgengrauens Anfang Dezember kamen Männer an den Strand, um den Walkadaver zu zerteilen. Joan war bei ihnen, gestikulierte, schüttelte Hände, lachte.

Ich beobachtete sie aus einigem Abstand von einer Anhöhe aus.

Die Männer unten am Strand arbeiteten methodisch. Einer, der offenbar der Anführer war, hielt ein Klemmbrett in der Hand. Ihr Schiff hatte einen großen Lastenkahn hinter sich hergeschleppt, auf den der Blubber und die Haut geladen wurden.

Aus einem Kilometer Entfernung hörte ich das Pfeifen der Äxte und die Rülpser, wenn sie in das Fleisch des Wals hackten.

Am folgenden Abend erzählte Jeremiah uns, was geschehen war. Er hatte Whiskey für Tad mitgebracht, und Tad bat ihn ins Haus. Ich saß an der Tür, in der Hoffnung, etwas von Joan oder Edward zu erfahren. Elis ließ mich nicht in Ruhe, leckte mir die Hände ab. Ich klemmte ihn an meinen Schienbeinen fest.

Die Männer waren vom Nationalen Verwertungsrat. Joan hatte sie zur Kirche eingeladen. Sie hatten alle Teile des Wals in großen Kübeln weggetragen. Jeremiah hatte ihnen Tee angeboten, und Brot dazu, und sie hatten ihn am Strand getrunken; eine Tasse fehlte immer noch. Es seien alles schlaue Leute, meinte er, wenn sie sich auch geweigert hätten, ihm ihre Namen zu nennen. Sie hatten gesagt, der Wal sei sehr nützlich: Öl und Blubber als Brennstoff, Haut für Winterarmeeuniformen. Bei euch klingt das, als stünde ein Krieg vor der Tür, hatte Jeremiah gesagt.

Besonders gefreut hatten sie sich über die Ambra, die sie nahe dem Brustbein des Wals gefunden hatten. Eine Wachskugel in der Größe eines Fußballs.

Jem hatte sie gefragt, ob sie Hilfe beim Transportieren des Skeletts bräuchten. Er hatte sich überlegt, dass die Fischer jeweils einen Knochen auf ihre Boote legen und zu dem Schiff des Verwertungsrats weiter draußen auf dem Meer bringen könnten. Sie hätten gelacht, erzählte er. Ein Mann habe pantomimisch seinen Hut vor Jeremiah gezogen. Behaltet die Knochen, hatten sie gesagt.

Ein Boot traf in der Nacht ein. Niemand sah es. Lukasz erzählte uns später davon. Ein Boot voller Kinder auf dem Weg nach Irland, ein geplanter Zwischenhalt, um Brot und Wasser zu besorgen. Wenn ich danach in den dunklen Morgen hinausblickte, glaubte ich, ihre Augen wie die eines Fuchses leuchten zu sehen, aber es war nur die Morgenröte auf den Felsen. Ein paar Tage später fand Llinos ein Papierschildchen, von jemandem mit dem Namen RUTH STERN. Ruth Stern fuhr nach Irland und war drei Jahre alt. Wenn man Lukasz fragte, wie die Kinder gewesen waren, zuckte er nur mit den Achseln und sagte, sie hätten verängstigt gewirkt.

Am Morgen waren Zettel an jede Haustür genagelt. Tomos mit einem Ranzen voller Papier und einem Hammer und Schokolade in der Hosentasche. Die erste Seite war ein maschinengetippter Brief mit einem offiziell aussehenden Siegel. Er wies uns an, unsere Angaben in eine Tabelle auf einem anderen Blatt einzutragen. Ein Nationales Register, hieß es in dem Brief, von jedem Zivilisten, für den Fall eines Krieges. Dr. Joan Cable sei damit beauftragt worden, sie zu verteilen und ausgefüllt wieder einzusammeln.

Name, Alter, Adresse, Beruf, Gesundheitszustand.

Tad las das Blatt sehr gründlich durch. Was heißt das hier, Manod, fragte er, den Finger unter das Wort »koordinieren« gelegt. Es bedeutet aufeinander abstimmen, zusammenführen, erklärte ich ihm.

Ich musste die Zettel für uns alle ausfüllen. Ich überlegte, ob ich lügen und schreiben sollte, Tad sei auf einem Auge blind oder habe eine kranke Lunge. Dass Llinos jünger sei, als sie war. Die Zukunft schien auf mich zuzurasen. Ich fragte mich, warum Tomos den Auftrag bekommen hatte, die Briefe an die Türen zu nageln, und nicht ich. Das Feld neben meinem eigenen »Beruf« ließ ich frei.

Nun gut, liebe Freunde,
wir sind hier,
um Erlaubnis zu bitten
um Erlaubnis zu bitten
um Erlaubnis zu bitten
zu singen.

Wenn wir keine Erlaubnis bekommen,
dann hört dieses Lied,
das von uns'rem Aufbruch erzählt
uns'rem Aufbruch erzählt
uns'rem Aufbruch erzählt
heut Abend.

SJCEG, Platte 22. Erhoben am 07.12.38 von G. Llan (geb. 1898), wohnhaft Y Bwthyn Rhosyn (Rose Cottage). Variante eines Volkslieds, ebenfalls aufgezeichnet im Süden des Landes.

Vor der Kirche standen Frauen und Männer in einem kleinen Kreis um Joan herum. Sie verteilte Flugblätter und lachte dabei fröhlich. Llinos blieb bei mir, statt sich zu ihren Freunden zu stellen. Sie malte mit dem Schuh Kreise auf die Erde und nestelte an dem Spitzenkragen um ihren Hals. Das Winterlicht war rein und kalt, die Sonne fiel in hellen Säulen herab.

Einige Männer inspizierten einen Schafbock, ein bulldoggennasiges Wesen mit einem schwarzen Gesicht. Trockenes Gras aus der Wolle des Tiers blieb an ihren dunklen Anzügen hängen, und jeder von ihnen zupfte die Halme ab und ließ sie auf den Boden fallen. Dai spähte in das Maul, um die Zähne zu überprüfen. Der Bock rollte wild mit den Augen. Als Dai den Kiefer losließ, tätschelte er dem Tier den Kopf, kraulte ihm die Locken zwischen den Augen.

»Wie sehe ich aus?«, fragte Leah und strich sich über den Rock ihres grünen Kleids. Ich hatte noch eine Nadel gefunden und es fertiggestellt.

Ich musste beinahe lachen, der Anblick des Samts über den mit Bauernhofmatsch verklebten Stiefeln.

»Das ist mein bestes Kleid«, sagte sie.

»Du siehst sehr hübsch aus, Leah.«

»Ich habe ein Kleid für dich«, sagte sie. »Für Mari Lwyd. Hab' ich dir vor die Tür gelegt.«

Ich bedankte mich. Llinos rempelte mich an der Hüfte an, und ich legte ihr die Hand auf die Wange.

»Wie alt ist der, meinst du?«, hörte ich einen der Männer über den Bock fragen.

Das Tier warf den Kopf zurück, und die Männer beruhigten es hastig, legten gemeinsam ihre Hände auf sein Hinterteil. Sie murmelten Schafkrankheiten wie Sprichwörter: Rauschbrand, Klauenfäule, Fliegenmadenfraß, Magenwurm.

———

In der Kirche sangen wir Psalmen. Jeremiah sang die Strophen vor, und wir fielen ein, mit anschwellenden Stimmen. Die Kirche roch nach Feuchtigkeit, und wir alle fröstelten. Ich bemerkte ein Flugblatt in der Jackentasche meines Vaters und zog es an der Ecke heraus.

»AUF, BRITANNIEN!«, stand dort. Ich ließ es fallen wie eine Brennnessel.

Um mich herum wurde weitergesungen. Unsere Stimmen stiegen gemeinsam auf und ab wie die Starenschwärme, die manchmal im Frühling auftauchten und so schnell wieder verschwanden, wie sie gekommen waren. Als ich zu der vordersten Bankreihe sah, nahm Edward uns auf. Am liebsten hätte ich den Apparat umgeworfen und die Platte zerbrochen. Ich glaubte, aus dem Augenwinkel zu sehen, dass Joan mich anstarrte, aber es hätte auch eine optische Täuschung sein können.

———

Draußen vor der Kirche ging ich zu meinem Vater und den anderen Fischern. Sie rauchten, und einer zog seinen Hut ab, als er mich sah, und drehte ihn in den Händen herum. Er hatte sich eine Blume ins Knopfloch gesteckt, eine Strandgrasnelke, eine einsame lila Blüte, halb verwelkt.

Edward sprach mit anderen Inselbewohnern. Er unterhielt sich lange mit Olwen und dann mit ihrer jüngeren Schwester. Olwen sah gut aus, obwohl ihr Kleid um die Mitte herum schlotterte. Sie trug eines in Dunkelblau, mit einem gemusterten Pulli darüber. Das ihrer Schwester war dunkelgelb mit braunen Blümchen. Ihr Gesicht war rosa, und ihre Haare glänzten. Die Schwestern lachten und berührten Edward am Arm.

»Ach!«, hörte ich Edward sagen. »Tja, mir gefällt Ihr Kleid!«

»Ist dir nicht kalt, Manod?«, fragte Tad und riss mich aus meinen Gedanken.

Ich schüttelte den Kopf. Er legte mir trotzdem seine Jacke um und ließ, ohne etwas zu sagen, den Arm um meine Schulter liegen.

Die Vorbereitungen für Mari Lwyd hatten Ende November begonnen. Gänse und Hühner waren geschlachtet und in den *bwythn* eingefroren worden. In einem der Schuppen hinter der Kirche wurden drei Pferdeschädel aus der Kiste geholt, in der sie das Jahr über aufbewahrt wurden. Ein paar Männer wischten die Spinnweben und kleinen Insekten davon ab.

Es waren drei Pferdeschädel in unterschiedlichen Größen. Tad wusste noch, wann das dritte Pferd gestorben war, aber an die anderen beiden erinnerte sich niemand auf der Insel. Das dritte hatte einem Bauern gehört, der gestorben war, als Tad in meinem Alter war. Seine Frau habe jeden Tag Schwarz, Rot und Weiß zu einem traditionellen hohen Hut getragen, sagte Tad. Das Pferd sei nach seinem Herrn an gebrochenem Herzen gestorben, aber es gab auch andere Gerüchte. Ich hatte gehört, das Pferd sei vom ältesten Sohn des Bauern getötet worden, damit es nicht für den Weltkrieg beschlagnahmt wurde.

Die Pferdeschädel wurden zum Strand gebracht, um sie im Meer zu waschen. Die Frauen und Kinder der Männer, die sie geholt hatten, schmückten sie mit langen bunten Stoffstreifen, die wie eine Mähne daran befestigt wurden, und bemalten Glöckchen, die in die Augenhöhlen gesteckt wurden. Manchmal, wenn kein Glöckchen gefunden wurde, nahm man stattdessen Eier.

Ich wusste nicht, wer beschlossen hatte, den Walschädel vom Strand zu holen. Eines Tages tauchte er hinter der Kirche auf, nahe dem Schuppen, in dem die Pferdeschädel aufbewahrt wurden, als wäre der Wal aus dem Boden aufgetaucht und die untere Hälfte schwämme noch.

Als ich aufwachte, war mein Zimmer von einem eigenartigen Licht erfüllt. Ich ging zum Fenster und sah alles von einer dünnen, silbrigen Frostschicht bedeckt. Der Winter kam immer allmählich, dann plötzlich. Unser Bettzeug und unsere Kleidung waren kalt und klamm geworden, als gehörten sie Schnecken.

Ich fand das Kleid, von dem Leah vor der Kirche gesprochen hatte, und zog es mir über das Nachthemd. Es war aus himbeerfarbenem Samt, und ich musste mich verrenken, um den Reißverschluss am Rücken zuzuziehen. Ich sah mich in der Fensterscheibe gespiegelt, vorgebeugt, mit dem Gras verschmelzend. Als ich am Reißverschluss zog, verfing sich das Nachthemd darin, und ich zerrte daran, bis ich etwas reißen hörte. Vorsichtig zog ich das Kleid wieder aus und hängte es über einen Stuhl. Es war ein geheimnisvoller brauner Fleck darauf, so groß wie eine Faust.

Ich hörte ein Klopfen am Fenster. Edward stand vor dem Haus, elegant gekleidet in einen grauen Tweed-Anzug. Seine Brille schimmerte im Licht bernsteinfarben. Es erschreckte mich, und ich hielt mir die Arme vor das Nachthemd, um meine Brüste zu verbergen. Ich bedeutete ihm, zur Haustür zu kommen, aber er schüttelte den Kopf.

»Ich wollte mich nur verabschieden«, rief er durch die Scheibe.

Ich versuchte, das Fenster zu öffnen, schaffte es aber nicht. In der Kälte musste sich der Holzrahmen verzogen haben. Ich zerrte eine Weile daran, bis ich sah, dass Edward mich von draußen beobachtete, und es mir peinlich wurde.

»Könntest du mir noch ein letztes Wort übersetzen? Bevor ich fahre?«, fragte er. Seine Stimme klang seltsam, unter Wasser.

Er hielt ein Blatt Papier hoch. *Penclawdd*, stand darauf.

»Das heißt Herzmuschel«, erklärte ich. »Besser gesagt eine Frühlingsherzmuschel, eine junge. Unter zwei Jahre alt. Manche Leute nehmen sie beim Sammeln nicht mit, damit sie sich im folgenden Jahr weiter fortpflanzen können.«

Ich fröstelte.

»Aha«, sagte Edward.

»Was meinst du damit, bevor du fährst?«

»Hat Joan es dir nicht erzählt? Wir wollen Weihnachten zu Hause sein. In zwei Tagen.«

»Ihr bleibt nicht über Mari Lwyd?«

»Das sehen wir uns in einem der Festlanddörfer an. In der Nähe von Abergele gibt es einen Umzug.«

Geistesabwesend legte er die Hand auf die Scheibe, mit gespreizten Fingern. Ich machte es ihm nach, und er nahm seine Hand weg.

»Ich schicke dir ein Buch«, sagte Edward.

»Ich dachte, ich komme mit«, erwiderte ich.

»Was?« Edward krümmte die Hand um sein Ohr. Das Ohr war rot von der Kälte.

Auf der Fensterbank waren Bienen, manche verschrumpelt und trocken, andere krochen an dem Spalt zwischen Fenster und Rahmen entlang, benommen vor Kälte. Eine graue Motte flatterte auf halber Höhe der Scheibe, stieß immer wieder leise gegen das Glas.

Sie hatten kein Recht, einfach wegzufahren, dachte ich. Es fühlte sich an, als wäre mir ein Stein in den Magen gefallen. Ich hatte es kommen sehen, vielleicht, dennoch erfüllte es mich mit Schrecken. Sie nahmen mich nicht mit aufs Festland, zu einer Universität, zu einem Freund in Paris.

»Ich dachte, ich komme mit«, wiederholte ich.

Edward lachte verlegen. Sein Atem bildete einen fast kreisrunden Fleck auf der Fensterscheibe.

»Du kannst kommen, wann immer du willst«, sagte er.

»Ich meinte mit euch, mit dir und Joan.«

»Nichts hindert dich daran.«

»*Darf* ich denn mitkommen?«

»Weißt du denn etwas, wo du hinkönntest?«

Ich schäumte vor Wut. Dass die beiden mit ihren Geschichten von der Insel wegfahren, die Worte veröffentlichen sollten, die ich übersetzt hatte, während meine eigene Geschichte hier draußen gestrandet war.

»Manod, wenn ich bei dir den Eindruck erweckt habe, dass ...«

Er seufzte, sah sich nach hinten um und wandte sich wieder mir zu.

»Manchmal … lasse ich mich mitreißen. Es war nicht meine Absicht …«

Ich ging schnell zur Tür und zog sie ruckartig auf, aber als ich draußen stand, verwandelte meine Wut sich in etwas anderes, Gedämpftes. Was hätte ich davon, mich aufzuregen? Joan würde mich für eine Wilde halten. Vielleicht schrieben sie es sogar in das Buch. Ich hörte Elis hinter dem Haus bellen und roch Torffeuer. Ich hörte das Meer tosen, das Wasser hin- und herströmen.

»Erinnerst du dich an die Fotografie, die Joan von dir gemacht hat?«, fragte Edward und kam auf mich zu. Er wirkte, als wollte er vielleicht meine Hände ergreifen, ließ seine dann aber schlaff an der Seite hängen. Mir fiel auf, wie schmutzig sein Tweedsakko jetzt aussah, nach Monaten auf der Insel.

»Ich dachte, du freust dich vielleicht, dass wir es in dem Buch abdrucken wollen, mit deinem Namen. Als Dankeschön für deine Arbeit.«

Ich nickte. Ich wollte gesehen werden. Ich wollte, dass die Aufnahmen meiner Stimme gehört und Fotografien von mir betrachtet wurden. So lange hatte ich mich auf der Insel unsichtbar gefühlt, hatte gefühlt, dass niemand auf dem Festland an mich dachte oder auch nur wusste, dass es mich gab. Edward und Joan hatten mich angesehen und mich real gemacht, wie einen aus dem Wasser geholten Fisch.

»Bitte schick mir ein Buch«, sagte ich. »Bitte vergiss es nicht.«

Edward sah mir über die Schulter. Er war bereits woanders.

Ich ging ins Haus und ließ die Tür hinter mir zufallen.

Am Morgen ging ich zum Strand, mit Tad, der mit den anderen Fischern ausfuhr, um den letzten Fang der Saison auf dem Festland zu verkaufen. Die Ruderboote sahen alle gleich aus, dunkles Holz mit hellen Beschlägen, und waren mit Tauen aneinandergebunden. Ich dachte, Joan oder Edward wären vielleicht dort, aber Jeremiah erzählte mir, dass sie noch eilig ihre Aufzeichnungen vervollständigten und den letzten Film entwickelten. Ich suchte in seiner Miene nach Mitgefühl, als ich mich nach den beiden erkundigte, fand aber keines. Die haben da Bilder von dir, sagte er. Ich hab' dich in der Dunkelkammer gesehen.

Das silbrige Papier an die Schnur geklammert, mein sich langsam abzeichnendes Gesicht.

Der Winter war im Anzug, und die meisten Männer trugen zwei Jacken und Gummistiefel. Wenn sie nicht gerade Knoten banden, bliesen sie sich in die Hände und rieben sie aneinander. Die Männer reichten die Kisten und Eimer mit dem Fisch von einem zum anderen weiter bis auf die Boote. Von Weitem sah es aus, als bewegten sie sich wie ein einziger Körper, alle in denselben dunklen Kleidern. Im Sand hockten Frauen auf Holzhockern und nahmen Fische aus, wortlos, die Hände im trüben Licht blind arbeitend. Die Fische schlugen mit leisem Klatschen gegen ihre Hände, aber das Meer verschluckte die meisten Geräusche.

Tad stieg mit Dai in sein Boot, und Dai bückte sich immer wieder, um mit einem großen Eimer Wasser aus dem Rumpf zu schöpfen. Dais Sohn Jacob saß in einem Boot am Ufer und beobachtete seinen Vater bei der Arbeit.

Ich stand ganz vorn am Strand, wo der Wind mir die Haare ins Gesicht blies. Tads Hut wurde ins Wasser geweht und schwamm dort wie der Kopf eines Seehunds. Langsam verließen die Boote den Hafen als dunkle Prozession, und hinter ihnen schäumten die Wellen weiß, wie ein Spitzenschleier, der sich bis zu meinen Füßen erstreckte.

Zum ersten Mal seit langer Zeit dachte ich an den Tag, als unsere Mutter gefunden worden war. Lukasz war eines Abends aus dem Leuchtturm gekommen und hatte an die Tür geklopft. Ich bat ihn herein. Ich stellte mich vor die ungespülten Töpfe und Teller, die Essensreste auf allem. Er sah Tad nicht an. Er gab uns das Telegramm und ging.

Unsere Mutter war an einem fünfzehn Kilometer entfernten Strand aufgefunden worden, zwischen Gezeitentümpel eingebettet. Zwei wohlhabende Frauen, die nach Fossilien suchten, hatten sie entdeckt.

In der folgenden Woche fuhren wir hin. Die Überfahrt war ruhig, zwischen Ebbe und Flut. Llinos spielte in ihrer Jackentasche mit etwas, und als ich das Weiß sah, begriff ich, was es war. Ich nahm es ihr weg und warf es ins Wasser. Sie beugte sich über den Rand und beobachtete, wie es versank. Papageientaucher, sagte sie halblaut, fast ohne die Lippen zu bewegen. Auf Wiedersehen, Papageientaucherknochen.

Mam lag in der Leichenhalle und wurde auf einem Metalltisch herausgebracht. Ein Mann in weißem Kittel zog das Laken weg. Ich nahm ihre Hand, und sie war kalt wie nasser Fels. Aus ihrem Mund hing ein dünnes Fädchen. Sie war nicht meine Mutter, sondern ein Traum von meiner Mutter. Die Haut ihres Arms war silbrig gewesen, halb Fisch, und ihre Beine hatten ausgesehen wie ein zusammengewachsener Stumpf.

Ich erinnerte mich an den bei dem Kartenspiel vom Boot gesprungenen Seemann. Ich fragte mich, ob sich so meine Mutter gefühlt hatte.

Llinos wachte auf. Sie hatte Bauchschmerzen, und als sie aus dem Bett aufstand, war ihr Nachthemd dunkel vor Blut.

»Bin ich krank?«, fragte sie mich mit glänzenden Augen.

»Nein«, erwiderte ich.

Ich ging mit ihr in die Küche und holte die Zinkwanne von draußen herein. Da ich kein Feuer anzünden und Tad wecken wollte, goss ich kaltes Wasser hinein. Ich half ihr, sich abzuwaschen, und stopfte ihr Nachthemd zusammengeknüllt in einen Eimer mit kaltem Wasser. Es war Nacht, und sogar Elis schlief. Es kam mir vor wie unser Geheimnis. Llinos stützte sich auf mich, als sie sich vor Schmerz krümmte und mit Wasser besprizte, ihre Hand fühlte sich warm auf meiner Haut an.

Im Bett legte ich mich hinter sie und schlang die Arme um ihre Hüften. Ich dachte, die Wärme und der Druck würden vielleicht den Schmerz lindern. Der Mond war voll und warf Licht ins Zimmer. Sie machte mit der Hand einen Vogel und spreizte die Finger, erzeugte einen Schatten auf der gegenüberliegenden Wand.

»Bringst du mir aus England was mit?«, fragte sie leise und schob ihren Kopf auf dem Kissen herum.

Ich hatte mir noch keine Gedanken darüber gemacht,

ihr sagen zu müssen, dass ich nicht wegging, dass Edward und Joan ohne mich fuhren.

»Natürlich«, log ich.

Llinos seufzte.

»Ich mache meine Englischaufgaben. Dann kann ich dich besuchen.«

»Wenn es Krieg gibt, würde das alles durcheinanderbringen. Wer weiß, wo wir dann sind.«

Sie bohrte ihre Hände unter meine und umschloss sie. Ihr Griff war fest und verdrehte mir die Finger unangenehm, aber ich rührte mich nicht. Als ich aufwachte, war Llinos Rücken schweißnass, ihre kurzen Haare im Nacken zu einer perfekten Schlaufe gekringelt.

Als das Schiff losfahren sollte, ließ es dreimal das Horn ertönen, lang und extrem laut, sodass es auf der ganzen Insel zu hören war.

Viele von uns sammelten sich am Strand, um Joans und Edwards Abreise zu sehen. Sie standen im Heck des Schiffs und blickten ein letztes Mal zurück. Sie winkten nicht. Mir fiel ein, dass sie immer noch meine Stickereien hatten, sie nicht zurückgegeben hatten.

Ich drängte mich durch die Menge zu Jeremiah vor, der abwesend an seiner schwarz eingebundenen Bibel nestelte. Ich fragte ihn, ob sie etwas für mich hinterlassen hatten, eine Nachricht? Er sagte, in ihrem Zimmer lägen noch einige Papiere, und vielleicht sei dort etwas dabei.

Der Wind hatte sich gelegt, und unterhalb der Steilküste strichen die Wellen träge über den Fels. Die Vögel kreischten aus vollem Hals.

Dann wurde das Schiff vom Ende des Meeres verschluckt. Es war ein klarer Tag, und es sah aus, als sänke es.

Ich weinte, ohne es jemanden merken zu lassen.

Von der Steilküste aus sah ich etwas im Wasser. Neben meinen Füßen lag ein Schafschädel, gelb vom Alter und der Witterung. Eine grüne Raupe kroch über seinen Nasenrücken. Die Raupe reckte ihre vordere Hälfte in die Höhe und wiegte sich hin und her. Ich erinnerte mich daran, dass Llinos als kleines Kind geglaubt hatte, sie könnte mit Insekten kommunizieren. Die Raupe verlor den Halt und fiel auf den Boden.

Im Meer zeichnete sich die Bugwelle eines Boots ab, das vom Festland zu uns fuhr. Etwas Dunkles durchbrach die Wasseroberfläche. Eine Fontäne schoss hoch, und auf dem Festland flackerte immer wieder ein Licht auf. In dem Moment wusste ich, dass ich die Insel eines Tages verlassen und Llinos mitnehmen würde. Vielleicht nicht mit Edward oder Joan, sondern allein meinetwegen. Ich beschloss, Rosslyn einen Antwortbrief zu schreiben. *Ich ziehe aufs Festland. Ich werde mir Arbeit suchen, ein Haus kaufen und, Gott bewahre, niemals heiraten.* Ich beobachtete das sich kräuselnde Wasser, blinzelte, und die dunkle Silhouette war fort.

Joans und Edwards Zimmer war dunkel, die Vorhänge zugezogen. Ein einzelner Lichtstrahl fiel durch den Spalt und ließ die um mich herumschwebenden Staubkörnchen erkennen. Zwei schmale Betten mit Wolldecken in einem dunklen Karomuster standen dort. Das Zimmer roch wie jedes Zimmer auf der Insel: Stroh, Feuchtigkeit, Tier.

Ich öffnete die Schubladen, den Schrank, auf der Suche nach meinen Stickereien. Mehrere Zettel waren an der Kante eines der Betten ausgebreitet, und ich setzte mich, um sie zu lesen. Darauf waren kleine Zeichnungen und knappe Notizen. Um sie zu lesen, musste ich sie in den Händen herumdrehen.

Ich erkannte Orte und Menschen auf den Zeichnungen: Zeichnungen von Grabsteinen, von Hügeln, selbst von dem weißen Aal in der Höhle im Osten. Ich entdeckte meinen Namen, und er wirkte erfunden. Manod Llan. 30.01.20. Ich sah die Gesichter von Fischern, ihre Bärte, Hüte. Rennende Kinder, Frauen, die sich bückten, um Muscheln aufzusammeln und Netze zu flicken. Schafe ragten in Wegbeschreibungen zum Fischmarkt hinein.

Auf einem Blatt sah ich einen Brachvogel durch das glatte Wasser eines flachen Gezeitentümpels waten. Die Wörter »Sturm« und »Tod« in Joans ordentlicher Handschrift. Beim Durchblättern fiel mir auf, dass keine Fotografien dabei waren, was bedeutete, dass sie das Bild, das Joan am ersten Tag von mir gemacht hatte, mitgenommen hatten.

Enger Kontakt mit der Natur bringt ein Glücksgefühl, das nur wenige Städter kennen – neben einem Mangel an Interesse für materiellen Besitz.

Ich verbrachte den Abend bei der Familie meiner Assistentin. Der Vater ist Küstenfischer, ein Mann von etwa vierzig Jahren und einem Meter fünfzig. Zwei Töchter, eine davon meine Assistentin und die andere noch ein Kind. Das Kind hat einen Blähbauch von der aus Brot und Fisch bestehenden Ernährung; seine Zähne sind so angeschlagen, dass sie spitz zulaufen. ~~Von einer Mutter ist keine Rede~~*.*

Darunter ein Schatten, ein Klecks von einem Walschwanz.

Lasst mich euch die Geschichte der letzten Wölfe auf Ynys erzählen. Es gab ein Rudel, das auf der Steilküste umherstreifte. Wenn die Vögel im Winter wegzogen, kamen sie zu den Häusern im Westen hinunter und fraßen Gemüse aus dem Garten, Fleisch aus den Speisekammern, rissen Hühner und Schafe und rollten sich unter den Häusern zusammen. Man konnte sie unter den Bodendielen hören, hinter den Wänden.

Vielleicht habt ihr schon mal von dem Cwrth-Spieler Black Crythor gehört.

In einer funkelnden Nacht lenkte Black Crythor mit der Cwrth auf dem Rücken seine Schritte nach Hause, und plötzlich war er von einem Wolfsrudel umringt. Um sie sich vom Leib zu halten, begann er, seine Cwrth mit voller Kraft zu spielen in der Absicht, sie einzuschüchtern. Eine Weile lang konnte er sie zurückdrängen, doch bald machten sie Anstalten, auf ihn zuzustürmen. Als er das bemerkte, stimmte er melodische und getragene Lieder an. Das besänftigte die Raubtiere, aber der Crythor konnte aus Angst, die Wölfe würden ihn angreifen, nicht zu spielen aufhören, also machte er die ganze Nacht weiter, und die Wölfe lauschten andächtig. Gegen Morgengrauen kamen einige Männer vorbei, und die Wölfe flohen und wurden nie wieder gesehen.

SJCEG Platte 25. Erhoben am 10.09.38 von S. Lloyd (Schafbauer, geb. 1860).

Zu Mari Lwyd wählte ich zwei von Tads Hummern aus.

Ich drehte sie um und sah nach, ob sie Eier hatten. Wegen der Kälte draußen bewegten sie sich langsam. Ich setzte das Messer zwischen den Augen an, wie Tad es mir beigebracht hatte, und drückte es schnell hinein. Zuerst öffnete ich den Panzer, legte die glänzenden Eingeweide frei, die grüne Leber. Der Geruch vermischte sich mit dem von Schmutzwäsche.

Ich schmolz Butter, fügte Kräuter hinzu. Die Innereien gab ich Elis.

Auf dem Teller krümmten sich die beiden Körper wie zwei einander zugewandte Gesichter.

Ich wünschte mir, meine Mutter hätte es sehen können.

Ich erinnere mich an ein Kleid, das meine Mutter trug, gelb mit weißen Blümchen. Ich erinnere mich, dass sie Llinos als Säugling im Hof auf dem Arm hielt und uns vorsang. Ich muss auf der Stufe gesessen haben. Als sie sich umdrehte, breitete sich der Stoff kreisrund aus.

Am Tag von Mari Lwyd hatte der Himmel einen Rosastich, und die Luft war feucht und ungewöhnlich warm wie das Innere eines Munds. Als die Sonne unterging, zog ich mein Kleid an und half Llinos in ihres. Als ich ihre Hände in die Ärmel steckte, bemerkte ich, wie groß sie war, beinahe so groß wie ich. Auf ihrer Stirn prangten drei rote Pickel, und ich strich mit dem Finger darüber. Ich setzte sie vor mich auf einen Stuhl und kämmte ihr die Haare, bürstete jedes wilde Nest heraus. Llinos' Haare waren niemals ganz glatt zu bekommen, aber ich entwirrte sie so weit, dass ich sie zu zwei festen Zöpfchen flechten und mit grünem Band zubinden konnte. Ihr Kleid war schwarz, und in dem Stoff waren kleine weiße Wellen von irgendeiner Art von Feuchtigkeit, die eingedrungen war.

Als es dunkel war, warteten wir auf das Eintreffen der Mari Lwyd. Das Haus ächzte, und in der Ferne konnten wir das Meer grollen hören. Llinos entdeckte den Umzug zuerst, die Männer, die die Pferdeschädel mit wehenden

Mähnen auf langen Stöcken trugen, das orangefarbene Licht ihrer Kerzen, das die Anhöhe hinaufkam.

»Tad ist auch dabei«, sagte Llinos ganz aufgeregt. »Er geht voraus!«

Hinter ihnen war etwas, das ich nicht richtig erkennen konnte.

Sie klopften dreimal an die Tür.

Es war Tradition, die Sängergruppe zu bewirten, wenn sie zu einem kam. Ich schickte Llinos das Brot und das Bier holen, das ich für die Mari aufbewahrt hatte. Beim Anblick von Tads Schultern und hellem Bart unter dem Pferdeschädel mit der goldenen Brokatmähne kreischte sie vor Lachen. Ich erkannte den Stoff von Leahs Vorhängen.

»Danke, junge Dame«, sagte Tad-Pferd und ließ den Schädel auf und ab wippen. Das Essen wurde von den Männern und Frauen des Umzugs bis zu einer Schubkarre ganz hinten weitergereicht, die von einem gelangweilt wirkenden Tomos geschoben wurde. Die anderen beiden Pferdeschädel kamen an die Tür, und Llinos streichelte ihre kahlen Mäuler. Ich konnte nicht erkennen, wer darunter war. Sie gaben uns Rätsel auf, wie es Tradition war, und wir versuchten, sie zu lösen. Llinos flüsterte den Schädeln ins Ohr und küsste sie auf die Wange, und sie gaben uns etwas von unserem Essen zurück.

Da fasste Tad mich am Arm. Er hob den Schädel auf seinem Kopf etwas an.

»Wir haben eine Überraschung«, sagte er.

Sein Gesicht leuchtete. Es sah jung aus, und ich bekam eine Ahnung davon, wie er als Kind ausgesehen hatte.

Jetzt erst nahm ich das Ende des Umzugs wahr. Sechs Männer trugen den Walschädel auf den Schultern. Es heißt, dass an Mari Lwyd die Toten für eine Nacht zurückkehren. Die Pferde bringen sie. Die Schädel stellen Rätsel, und man trickst den Tod aus und überlistet ihn, wenn man ein Rätsel aufgibt, das er nicht lösen kann. Ich flüsterte dem Wal etwas ins Ohr, das die Männer zu beiden Seiten nicht hören konnten. Etwas, das meine Mutter früher immer gesagt hatte. Der Walschädel nickte zweimal und schüttelte dann den Kopf. Die Leute um mich herum brachen in Jubel aus. Plötzlich erinnerte ich mich an das Gesicht meiner Mutter, wie ein Lichtblitz auf dem Wasser.

Dann beugte ich mich vor und küsste ihre kalten Lippen.